義士切腹

忠臣蔵の姫　阿久利

佐々木裕一

小学館

目次

三次藩下屋敷

奥の八畳間にたゆたう線香の細い煙が、色白の頰《ほお》を優しくなでた。

まだ墨も乾かぬ位牌《いはい》を前に、阿久利《あぐり》は生気を失った面持《おもも》ちで正座している。

僅《わず》かに開けて一点を見つめる瞳は、この場にあるものを見ていない。

江戸城本丸、松の廊下で吉良上野介《きらこうずけのすけ》に斬りかかった良人《おっと》浅野内匠頭《あさのたくみのかみ》が、即日に切腹を命じられ、もうこの世にいないからだ。

良人の命日は、元禄十四年三月十四日（一七〇一年四月二十一日）。

子もなく、二十九歳で寡婦になった阿久利は、良人の切腹を知ったその日のうちに、黒く艶《つや》やかだった髪を剃髪《ていはつ》し、鉄砲洲《てっぽうず》の赤穂藩《あこうはん》上屋敷を出た。

麻布今井町《あざぶいまいちょう》の三次藩《みよしはん》下屋敷に戻って今日で三日目。

泉岳寺《せんがくじ》の許しを得て、寿昌院《じゅしょういん》と号している。

延宝三（一六七五）年、幼名を栗《くり》姫と号していた阿久利は、三歳の時に浅野内匠頭との縁談が決まり、四歳で故郷の三次を離れた。

三次藩の下屋敷に入り、すでにこの世を去っていた阿久利の実父、長治《ながはる》の正室䶬松院《れいしょういん》に養育された。

䶬松院は阿久利を可愛《かわい》がり、阿久利もなついていたのだが、共に暮らせたのは僅か四ヶ月のみ。䶬松院は病に倒れ、阿久利を残して亡くなってしまったのだ。

幼い阿久利が悲しむ姿を不憫《ふびん》と思うた浅野本家の隠居、光晟《みつあきら》夫婦が引き取り、その後は、正室の満《まん》の方《かた》に養育をされた。そして五歳の時に、当時十一歳だった内匠頭がいる鉄砲洲の屋敷に入ったのだ。

幼き頃から兄妹のように暮らした良人との想《おも》い出が詰まる鉄砲洲の屋敷は、今日にも公儀に召し上げられる。

初めて良人と出会った庭の森も、守り続けてきた奥御殿も、人の物となってしまう。涙は涸《か》れてしまい、ため息をつく気力もない。一日位牌の前に座し、瞳に映るのは戒名ではなく、在りし日の良人のみ。優しい笑顔も、慈しみをかけてくれる声も、大きくてたくましい手も、この世にいる阿久利には、見ることも、聞くことも、触れることもできなくなってしまった。

悲しみのあまり、庭に来るつがいの小鳥の仲睦《なかむつ》まじささえも、羨《うらや》んでしまう。

食事も喉を通らず、言われなければ水を飲むことさえ忘れ、ただ思うのは、良人のそばに行きたい、それだけだった。

そうできたなら、どんなに幸せか。

そんな阿久利のそばにいるのは、部屋の外で控えている落合与左衛門《おちあいよざえもん》のみ。三次浅野家の下屋敷には隠居の養父長照《ながてる》と園《その》夫妻がいるが、顔を見たのは、鉄砲洲の屋敷から来た時だけ。

誰も近づかぬ部屋は、静かだった。

寂しさに負けてしまいそうな阿久利を辛うじて生きる道に進めているのは、最後の時をすごした内匠頭の言葉だ。

(明日からの留守を頼む。我らの子である家臣が命を落とさぬようにな)

声が聞こえた気がした阿久利は、はっとして目を上げた。だが、位牌があるだけで、そこに内匠頭はいない。

揺れる蠟燭《ろうそく》の火を見つめる阿久利の脳裏に浮かんだのは、落合から聞いている、赤穂の国《くに》許《もと》に走った使者のこと。

内匠頭が切腹した直後の未《ひつじ》の下刻（午後三時半頃）に、馬廻《うままわり》の早水藤左衛門《はやみとうざえもん》と、中小姓《ちゅうごしょう》の萱野三平《かやのさんぺい》が江戸を発《た》ち、御家《おいえ》断絶が決まった後は、物頭《ものがしら》の原惣右衛門《はらそうえもん》と、馬廻の大石瀬左衛門《おおいしせざえもん》が出ている。

赤穂の城までは百五十五里（約六百二十キロ）。早駕籠《はやかご》でも七日ほどかかる。

第一陣と第二陣共に早駕籠を使っているが、常とは違い昼夜の強行をしているらしく、到着は早まる見込みだ。

今、どのあたりか。

無事の到着を祈る阿久利の憂いは、内匠頭の死と、御家断絶を知った国許の者たちのこと。さぞ驚き、悲しむであろう。混乱の渦に呑《の》まれた家臣たちが、吉良家にはなんのお咎《とが》めもないことを知って、どう動くか。

目をしかと見開き、考えはじめた阿久利の頭に、鉄砲洲の屋敷に駆け付けた親族の浅野美《み》濃守《ののかみ》から言われた言葉が浮かんだ。

（後を追って死ぬことはならぬ。そなたが命を絶てば、沙汰を不服とする家臣どもが籠城《ろうじょう》をしかねぬ）

そうなれば、皆死んでしまう。

家臣たちを家族と言っていた良人は、決して籠城を望んでいないはず。

阿久利は、位牌を見つめた。

「殿……」

そばに行けぬ悲しみを堪《こら》え、手を合わせた。

「与左《よざ》殿」

声をかけると、廊下の障子が開け閉めされ、すり足と衣擦《きぬず》れの音が背後に近づき、そして、座る気配がした。

阿久利は目を開けて合掌を解き、膝を転じた。

正座している落合は、五十をすぎた顔に気苦労を浮かべ、心配そうな面持ちで阿久利を見ている。

阿久利がこの世に生をうけて以来ずっとそばに仕える落合は、妻帯もせず、己の人生を奉公にそそぐ忠臣。鉄砲洲から三次藩の下屋敷に戻ってからは、阿久利の身を案じて、片時も離れようとせぬ。

数珠《じゅず》を右手に持ち替えた阿久利は、膝に両手を置き、黙って言葉を待つ落合に顔を上げた。

「吉良方に、その後変わったことはありませんか」

落合は首を横に振った。

吉良上野介の生死を問おうとした時、廊下に侍女が来た。白地に青の矢絣《やがすり》の小袖を着け、濃紺の帯を締めている若い女は、園の方に仕えている者だ。

廊下に正座して両手をつき、目を伏せて言う。

「寿昌院様、奥方様がお見えになられます」

落合は阿久利に、会うかと問う顔を向ける。

世話になるのだから、断ることはできぬ。

阿久利がうなずくと、落合は応じて、お通しいたせ、と侍女に告げて立ち上がり、下座に下がって横向きに座りなおした。

侍女が下がって程なく、廊下に現れた園の方に、落合が両手をついて平伏する。

横目で見下ろした園の方は、阿久利に会釈をして部屋に入ってきた。

剃髪し、灰色の小袖と墨染めの羽織を着けている阿久利とは違い、夫が存命の園の方は、色鮮やかな打掛け姿。齢《よわい》四十二に見えぬ若さと美しさだが、隠居した養父長照と共に下屋敷に入り、静かに暮らしている。

上座を園の方に譲り、下座に正座した阿久利は、改めて両手をついた。

「行き場を失ったわたくしを早々とお迎えくださり、おそれいりまする」

阿久利を見下ろし、位牌に手も合わせぬ園の方は、頭を上げるよう声をかけた。

阿久利が従って顔を上げると、園の方はあからさまに、ため息をつく。

「そろそろ話せるかと思いまいりました。このたびはまこと、とんだことになりました。三次と赤穂は親戚ですから、内匠頭殿が犯された大罪の累が及びはしないかと案じています。折り悪く長澄《ながずみ》殿は、江戸より遠く離れた三次におられますから、将軍家と公儀の意向が伝わりにくい。いずれ一大事の一報が届きましょうが、あまりお身体《からだ》が丈夫ではありませんので、気苦労されることを案じています」

詫《わ》びてすむことではない。

言葉も出ぬ阿久利に、園の方は厳しい目を向ける。

「そなたも、幼き頃に齢松院様と過ごしたこの屋敷に、よもや舞い戻ることになるとは思うてもみなかったでしょう。どうして内匠頭殿を止められなかったのです。仲睦まじいと聞いていましたが、そうであるならば、夫の異変に気付くはず。違いますか」

阿久利は返す言葉もなく、平伏した。

「おやめなさい。そなたを責めているのではないのです。死人を責めたくはないですが、内匠頭殿には腹が立つ。残される者のことなど考えもせず、感情にまかせて斬りかかるなど、短気にも程があります。そなたと内匠頭殿とのあいだに子がおれば、腹が立っても辛抱されたかもしれぬが……」

紅を差した唇を憎々しく歪《ゆが》めて言う園の方だったが、失言に気付いた様子で、ふたたびため息をついた。

「今さら申しても詮無きことでした。許せ」

「いえ、養母様《ははさま》のおっしゃるとおりかもしれませぬ。ご迷惑をおかけして、申しわけございませぬ」

「おやめなさい」

頭を下げようとする阿久利を止めた園の方は、手を打ち鳴らした。

廊下に控えていた侍女が二人、茶菓を持って部屋に入り、阿久利の前に並べた。

園の方が言う。

「ここに来て以来、水もろくに飲んでいないと落合から聞かれた大殿が、そなたのことを案じておられます。病弱の大殿に心配をかけてはなりませぬ。せめて菓子だけでも、お食べなさい」

園の方は自ら菓子台を取り、差し出した。

重ねられた落雁《らくがん》を一つ取った阿久利は、うつむいて口に運んだ。

苦かった口の中に甘味が広がり、ほろりと頬を伝う物に慌てて、手の甲で拭《ぬぐ》った。

顔をじっと見ていた園の方が、菓子台を置き、下を向いて言う。

「吉良家には、なんのお咎めもないと聞きました。これは、喧嘩《けんか》両成敗のしきたりに反することです。大殿は、片手落ちが国許に伝われば、赤穂の者どもは籠城するのではないかと案じておられます。阿久利殿、何か手を打っているのですか」

「いいえ」

「夫を失ったのですから、悲しいのは当然でしょう。されど、そなたがこうしているあいだにも、使者は国許に近づいています。処罰を不服とした者どもが兵を挙げれば、三次にも累が及びかねませぬ。広島《ひろしま》の御本家とて、ただではすまぬことになるやもしれませぬ。ここは奮起され、早めに手を打たれてはいかがか」

養父母の憂いはもっともなこと。

阿久利は、さっそく文をしたためると約束した。

そうと聞いて少しは落ち着いた様子となった園の方に、阿久利は問う。

「吉良上野介の生死をご存じですか」

呼び捨てにしたことに、園の方は息を呑む。そしてすぐに、目をそらして言う。

「吉良家にお咎めなしと決まったのは、上野介殿が亡くなったからではないですか」

「それは、間違いないことですか」

「はっきりそうとは聞いておりませぬ。三次の者は、武家のあいだに広まっている噂《うわさ》しか耳にしておりませぬから」

「そうですか」

肩を落とす阿久利に、園の方は厳しい目を向けた。

「内匠頭殿は、何ゆえ上野介殿をそこまで恨まれていたのです。饗応役《きょうおうやく》のことで、お二方のあいだに溝ができていたことは耳にしましたが、将軍家にとって一大事の日に、御本丸で刀を抜けばどうなるかわかっておられたはず。一族郎党を捨ててまで斬りかかった理由は、何ですか」

阿久利は首を横に振った。

「わたくしにも、近しい家来にも苦しい胸のうちを明かされぬまま、逝かれてしまったのです」

「愚かな」

吐き捨てる園の方に、阿久利は頭を下げた。

「申しわけございませぬ」

「落合、そなたはどうなのじゃ」

「それがしにも、とんとわかりませぬ」

落合の恐縮した声を聞いた阿久利は、頭を下げたまま目を閉じた。

園の方はまた、ため息をつく。

「とにかく、今なすべきことは、赤穂の者どもを抑えることです。阿久利殿、御本家と三次藩のためにも、早急に赤穂城へ文を送りなさい。決して、籠城などさせてはなりませぬ」

「承知しました。力を尽くしまする」

「くどいようですが、反旗をひるがえせば赤穂だけではすまぬことと肝に銘じて動きなさい。頼みましたよ」

「はい」

帰る園の方を見送った阿久利は、すぐさま文をしたためにかかった。

(此度《こたび》のこと、さぞや驚き、混乱されているでしょう。御公儀の処分を不服と思われるでしょう。ですが、亡き殿は家臣たちの死を望んでおられませぬ。どうか生きる道を選んでください)

浅野本家をはじめとする親戚縁者のことも考えるよう書こうとして、阿久利は筆を止めた。墨がぽとりと落ち、紙ににじんでゆく。

そばで控えていた落合が、顔を見てくるのがわかった阿久利は、筆を置いて膝を転じ、向き合った。

「城を明け渡した後、家臣たちはどのように暮らしてゆくのでしょうか」

落合は苦渋の面持ちをした。

「おそらく割賦金《かっぷきん》が出るでしょうから当面は暮らせましょうが、禄《ろく》を離れることになりますから、苦労が付きまといましょう」

「わたくしの化粧料を皆に分配したいと思いますが、いかほどあろうか」

　落合は、穏やかな笑みを浮かべた。

「そうおっしゃると思い、すでに調べてございます。ざっと、七百両近くございます」

　阿久利は新しい紙に文を書きなおし、化粧料を国家老《くにがろう》の大石《おおいし》に託すことを加えた。

　籠城をせぬよう求める文を書き終え、封をして落合に差し出した阿久利は、ふと、気になった。

「堀部《ほりべ》安兵衛《やすべえ》殿は、わたくしの思いを受け止めてくれましょうか」

　文を引き取った落合は、胸に入れながら言う。

「武士を絵に描いたような気骨のある男ですから、奥方様が生きよとおっしゃっても、殿の後を追うかもしれませぬ」

「殿が望んでおられなくてもですか」

「安兵衛殿は、忠義よりも武士の一分を重んじる者。それがしはかねてより、そう思うておりました」

　ならば、公儀の沙汰には納得していないはず。命を賭して、片手落ちを正そうとするかもしれぬ。

　そう思い案じていると、落合がさらに言う。

「安兵衛殿だけではございませぬ。奥方様もご存じのとおり、赤穂の方々《かたがた》は、内匠頭様と共に山鹿《やまが》素行《そこう》殿の薫陶《くんとう》を受けておられます。賄賂が横行し、悪《あ》しき風潮に染まるこの世において、殿は清廉潔白であらせられました。それはまさに、山鹿素行殿の薫陶によるもの。共に学んだ赤穂の方々も、殿に倣《なら》っておられるはず。此度公儀がくだされた片手落ちの処罰は、到底受け入れられぬはず。江戸からの知らせが届けば、国許は大混乱に陥るはずですから、血気盛んな者たちが不服を訴え、籠城する公算は大きゅうございます」

確かに、落合が言うとおりだ。

どうすれば止められるのだろうか。

阿久利は、書いたばかりの文の内容では、大きなうねりを静められぬような気がしてきた。

その不安を増大させることが、程なく訪ねてきた長照からもたらされた。

沈痛な面持ちで部屋に入った長照は、頭を下げる阿久利の前を歩いて上座に向かい、内匠頭の位牌に手を合わせることなく座した。

園の方は、大罪を犯した内匠頭を恨んでいる様子だったが、長照も同じ気持ちのようだ。

「内匠頭殿は、あの世で気楽にしておられよう」

阿久利にとって、思いがけぬ言葉だった。

何が言いたいのだろうと探る目を向けると、長照は真面目な顔で言う。

「気に障ったら許せ。じゃが、ここに来てふと、そう思うたのだ。妙に、落ち着く」

長照はそう言って、位牌に振り向いた。手を合わせようとはしないが、じっと見つめている。

長照の言葉で、将軍家に仕えるのがいかに難しいことであるかが伝わってきた気がした阿久利は、良人の苦悩を和らげることができなかった己の無力を責めた。

長照に名を呼ばれ、顔を上げた。目を見ることはできず、正面の両膝を見つめた。浅黄色の絹の着物を着けている長照は、正座した足に置いている手で拳《こぶし》を作り、ため息まじりに言う。

「内匠頭殿は、吉良の生死を気にしておられたようだが、結局、知らぬまま逝かれたそうだな」

「詳しいことは、何も存じておりませぬ」

「さようであったか。今、内匠頭殿にお知らせした」

阿久利は身を乗り出した。

「わかったのですか」

「うむ。先ほど、上屋敷から知らせがあった」

「して、上野介は……」

「存命だ。内匠頭殿は、さぞ無念であったろう」

阿久利は感情を抑えられず、嗚咽《おえつ》した。

落合が焦り、長照に言う。

「上野介が存命の上に、吉良家にお咎めなしとなれば、赤穂の家臣たちは納得しないはず。片手落ちの処罰を正すために、城中で皆切腹するか、籠城して一戦交える恐れがございます」

長照は腕組みをし、神妙な顔をした。

「国許で死んでくれれば、まだよいが」

ぼそりと言う長照に、阿久利ははっとした顔を上げた。

「養父《ちち》上は、それをお望みなのですか」

頬を濡《ぬ》らして問う阿久利を見た長照は、目を泳がせる。

「どうせ死ぬなら、城を枕にしてくれたほうがよいと思うたまでじゃ。というのも、江戸市中では早くも、内匠頭殿に同情する声があがり、赤穂の者たちが吉良上野介を襲い、仇討《あだう》ちをするのではないかとの噂が流れはじめている」

阿久利は驚いた。

「何ゆえ、そのような噂が立つのです」

「今の御公儀の政《まつりごと》のまずさは、内匠頭殿から聞いておろう」

「はい」

「生類憐《しょうるいあわ》れみの令をはじめ、小判改鋳などで物価が高騰し、そのせいで暮らし難さを強いられている江戸の民には、公儀に対する不満が溜《た》まっておる。それゆえ、高家《こうけ》の吉良を公儀側、外様《とざま》の赤穂浅野を庶民側に見立てて、不公平に守られた吉良を、赤穂浪士が討てばいいと思うているに違いないのだ。まだ熱が冷めやらぬ今、江戸でことを起こせば、籠城するよりも大騒ぎになる。それが、内匠頭殿の妻であるそなたの望みと疑われれば、三次もただではすまぬ」

そのような噂と、吉良上野介の存命が堀部安兵衛の耳に入れば、仇討ちに走るかもしれぬ。

案じた阿久利は、落合に言う。

「与左殿、文を急ぎ国許へ送ってください」

「承知しました」

「それから、与左殿は堀部安兵衛殿の居場所を存じていますか」

「いえ、知りませぬ」

阿久利は焦った。

「殿は安兵衛殿のことを案じておられました。なんとしても、早まったことをせぬよう止めなければなりませぬ。捜し出して、わたくしの気持ちを伝えてください」

「はは」

落合は長照に頭を下げ、部屋から出ていった。

長照が言う。

「吉良上野介の存命を知れば、赤穂の者たちは騒ぐであろう。じゃが、案ずるな。すでに御本家は、赤穂に使者を走らせておる。三次におる長澄も、事件のことが耳に入れば動く。親戚の者たちが止めてくれるはずじゃから、そなたは安寧にすごせ。飯を食うておるのか」

案じてくれる養父に、阿久利は頭を下げた。

「ご心配をおかけしました。もう大丈夫です」

「そうか、ならばよい」

なんとしても、家臣たちを守らねば。

阿久利は、後を頼むと言った内匠頭の顔を思い出していた。

市中に出た落合は、安兵衛を捜してあてもなく歩いていた。

鉄砲洲の屋敷、泉岳寺、安兵衛がいそうな場所をめぐり、赤穂藩に召し抱えられる前は堀《ほり》内《うち》道場の師範代をしていたことを思い出した。

「確か道場は、小石川《こいしかわ》にあったはず」

そう独りごち、泉岳寺から急ぎ向かおうと町中を歩いていた時、

「落合殿では」

声をかけられた。

立ち止まって、声がしたほうへ顔を向けると、道を行き交う人のあいだを縫うように、優しい面持ちをした男が歩み寄ってきた。

無紋の小袖に袴《はかま》を着け、腰に大小を帯びているその者は、鉄砲洲の藩邸で暮らしていた矢《や》田五郎右衛門《たごろうえもん》だった。

矢田は、気性は優しいが剣の腕は一流。内匠頭もその腕を見込み、馬廻衆の一人に加えていた。

二十七歳の若者は、落合のそばに歩み寄ると、まずは頭を下げ、心配そうな顔を上げた。

「落合殿、奥方様はいかがおすごしですか」

落合は微笑《ほほえ》んだ。

「案じられるな、息災でおられる」

「それは何より」

「そなた、今はどこで暮らしているのだ」

「妻子と共に、親戚の家に身を寄せています」

「肩身の狭い目に遭っておらぬか」

「はい。おかげさまで、息子も可愛がられ、気兼ねなく暮らしております」

「さようか」

「泉岳寺へ参られましたか」

「実は、奥方様の命《めい》で堀部安兵衛殿を捜しておる。そなた、住まいを知らぬか」

すると矢田は、一瞬だが目を泳がせた。

落合が探る目で見ていると、矢田は言う。

「鉄砲洲の屋敷を出て以来、一度も会うておりませぬ」

「さようか。今から堀内道場に行こうと思うのだが、そなた、場所を知っておるなら教えてくれ」

「道場には来ていないようですから、行かれても無駄足になろうかと」

「行ってみたのか」

「はい。昨日、行きました」

「そなたも、安兵衛殿を捜しているのか」

「はい」

仇討ちの相談でもするのかと探りを入れる落合に、矢田は笑みを浮かべた。

「何ゆえだ」

「思うところがございまして」

奥歯に衣着せた物言いに、落合は確かめずにはいられない。

「まさか、仇討ちのことではあるまいな」

「違います」

即座に答えるところがなんとも怪しいが、矢田は、息子の剣術指南を頼もうとしたと言って笑った。

矢田自身も剣の腕は確かだが、安兵衛には遠く及ばぬため頼みたいのだとも言われて、落合はそれ以上深く問わなかった。

「居所がわかれば、すまぬが今井町の藩邸に知らせてくれ。どうしても、伝えたいことがあるのだ」

「承知しました。では、それがしはこれにて」

頭を下げて去る矢田を見送った落合は、堀内道場に行くのをやめて、鉄砲洲の藩邸に出入りしていた商家などを訪ねて回った。

安兵衛の居所がわからぬまま、日がすぎた。

困った様子の落合に、阿久利は言う。

「与左殿、明日は殿の初七日です。きっと、江戸にいる家臣たちが泉岳寺に集まるはずです」

「おお、そうでした」

「わたくしが行きたいところですが、養父上が許されませぬ」

「今は、さよう、江戸市中の噂により、御公儀と上杉《うえすぎ》、吉良の者たちが警戒しております。そのような時に奥方様が浪士とお会いになれば、ことが起きた時に首謀者を疑われます」

阿久利ははっとした。

「与左殿、よもや、養父上にそう吹き込んだのですか」

落合は首を横に振った。

「大殿の思《おぼ》し召しでございます」

そうと言われては、抗《あらが》えぬ。

「では与左殿、わたくしの名代を頼みます。安兵衛殿の他に、殿の墓前で仇討ちを誓う者がおれば、殿の御意向に背くことと申して止めてください」

「はは、さように伝えまする」

その翌日、高輪《たかなわ》の泉岳寺に赴いた落合は、阿久利の名代として法要に参列した。

閉門を命じられている弟の大学《だいがく》の姿はなく、本来なら江戸家老の安井彦右衛門《やすいひこえもん》と藤井又左《ふじいまたざ》衛門《えもん》が仕切るはずのところ、内匠頭の遺骸の受け取りもしなかった両名は、ついに現れなかった。

集まったのは、江戸にいる十数名のみ。

内匠頭の墓石はまだなく、荒々しく盛られた土に白木が建てられ、戒名が書かれている。竹藪《たけやぶ》のそばにあるせいか、淋《さび》しい場所だ。ここに内匠頭が眠っていることが、落合には信じられなかった。

集まった者たちが香を焚《た》き、神妙に手を合わせている。住持《じゅうじ》に続いて、一心に経を唱える者もいる。

落合も声に出して読経し、名代の勤めを果たした。

法要が終わるなり、片岡源五《かたおかげんご》右衛門《えもん》が墓前で脇差しを抜いた。

切腹する気だと思った落合が息を呑む。

皆も注目する中、片岡はおもむろに髷《まげ》をつかみ、切り落とした。

磯貝十郎左《いそがいじゅうろうざ》衛門《えもん》がこれに倣って髷を落とし、墓前に突っ伏した。

他の者は髷を落とさず、特に堀部安兵衛は、怒りに満ちた顔で片岡たちを見ていた。そして、磯貝に言う。

「そのようなことをしてなんになる。吉良は生きておるのだ。殿に誓うことはないのか」

二人は何も言わぬ。

他の浪士たちは、吉良を討ち取り、首を墓前に供えると豪語した。その中には、矢田の姿もある。先日会った時とは別人のように、勇ましい顔をしている。

矢田たちの声に、満足そうな安兵衛を見ていた落合は、皆が静まるのを待って言う。

「方々のお気持ちはごもっとも。されど、奥方様は仇討ちを望まれておりませぬ」

すると安兵衛が、鋭い目を向けた。

「奥方様は、浅野本家とご実家のことを案じておられる。ご本心は違うはずだ」

そう決めつけ、聞く耳を持たない。

「我らはこれより赤穂へ行き、大石殿に吉良が生きていることをお伝えいたし、仇討ちを進言するつもりでござる」

安兵衛が言うと、片岡が立ち上がって続く。

「さよう。吉良の首を取って殿の墓前に供える日を待っていてくだされと、奥方様にお伝えくだされ。ではごめん」

頭を下げて去る片岡に磯貝が続き、他の浪士たちも墓地から出た。

残った安兵衛に、落合が言う。

「安兵衛殿、奥方様は、皆のことを殿から託されたのだ。貴殿のことを殿は案じておられたと、奥方様は気をもんでおられるのだ。重ねて申すが、殿は仇討ちを望んでおられぬ」

「落合殿!」

安兵衛が詰め寄った。

「我らは、殿のご無念を忘れぬ。吉良を生かしておいては赤穂浅野の名折れ。奥方様のおそばに仕える身ならば、ご本心を見抜かれよ」

「安兵衛殿！　待て！」

安兵衛は振り向きもせず走り去ってしまった。

家臣たちの命を案ずるのが阿久利の真心。

そう信じる落合は、しかめっ面《つら》をした。

「ご本心を伝えておるのがわからぬのか」


戻った落合から話を聞いた阿久利は、肩を落とした。

このままでは、ことを起こしてしまう。

どうすればよいか。

考え抜き、これしかないと思うことを、阿久利は文にしたためた。筆を置いて、ふと外を見れば、暗くなりはじめていた。肌寒いと思えば、いつの間にか、大粒の雨が降っていた。

地面を打つ雨音が、薄暗い部屋に響いてくる。

家臣たちを子と想う阿久利は、赤穂に走った安兵衛たちが冷たい雨に打たれてはいないか案じた。

火を灯《とも》した蠟燭を持って来た落合が燭台《しょくだい》に置くのを待ち、話しかけた。

「与左殿、頼みがあります」

落合は、問う顔をして阿久利の前に正座した。

「なんなりとお申しつけください」

「すまぬが急ぎ、赤穂へ行ってくれませぬか」

阿久利は、封をしたばかりの文を差し出した。

「これを、内蔵助《くらのすけ》殿に渡してほしいのです。家臣たちの命を救えるのは、御家再興しかない。その旨をしたためていますから、直《じか》に渡してください」

受け取った落合は、頭を下げる。

「承知いたしました。ではこれより支度をして発ちまする」

「頼みます。冷たい雨が降っていますが、ことは急ぎます。道中、くれぐれも気をつけて」

「はは」

立ち去る落合を、阿久利は数珠を巻いた手を合わせて見送った。障子が閉められると、阿久利は内匠頭の位牌に向き、目を閉じた。

「どうか、我が子たちを生きる道に、お導きください」

赤穂城

江戸を発っているはずの堀部安兵衛たちに追い付こうと急ぎ旅をした落合だったが、結局見つけられぬまま、赤穂に到着した。

さぞ城下は混乱しているだろうと想像していたものの、実際はそうではなかった。静かすぎるのが逆に不気味だと思った落合は、城に行き、姓名と役目を伝えた。

大石内蔵助に目通りを願ったが、城の者が案内したのは、三次藩主、浅野土佐守《とさのかみ》の使者として国許から来ていた徳永又右衛門《とくながまたえもん》が滞在する宿所だった。

徳永とは、阿久利に従い三次を離れるまでは、共に藩に仕えた身。

だが、今は三次藩にとっても存亡の危機だけに再会の喜びもなく、落合は同郷の士と向き合った。

阿久利の命で来たことを告げると、徳永は案じる顔をした。

「姫様は息災でおすごしか。殿は、自害されるのではないかと心配しておられる」

落合は目をそらして、どう答えるべきか考え、徳永を見て言う。

「長らく、食事も喉を通らぬほど悲しまれていた。食を断たれて死ぬおつもりかと案じていたほどだ。だが今は、残された家臣たちを導くために生気を取り戻しておられる」

徳永は探る目をした。

「導くとは、生か、死か」

「むろん前者だ。江戸では、赤穂の遺臣による仇討ちを期待する声があがりはじめているゆえ、それを耳にした者たちが、流されて動きはすまいかと案じておられる」

「姫はそれで、生気を取り戻されたのか」

「うむ。急ぎ赤穂に来たのも、奥方様の思いを伝えるためだ。城は今、どうなっている」

徳永は険しい面持ちをした。

「間違ったことをせぬよう説得していたが、吉良上野介殿が生きていることが赤穂の者たちの知るところとなり、かなり危うい状況だ」

落合は畳に右手をついて、声音を下げた。

「それは、仇討ちをするということか」

「中にはそう願う声もあったようだが、江戸城の曲輪《くるわ》内にある吉良の屋敷へ攻め込むのは難しいという声があがり却下された。片手落ちの処断をした御公儀に訴えるべく、大手門前で切腹する声もあがったが、藩士の半数以上が、赤穂城を受け取りにくる大名と一戦交え、城を枕に討ち死にすることを願っている」

「半数以上もいるなら、籠城と決まったのか」

焦る落合に、徳永は落ち着けと言った。

「わしは御本家の使者と共に、大人しく城を明け渡すよう説得を続けてきた。大石殿はまだ、結論を出されておらぬ」

「奥方様は、家臣たちを死なせまいとしておられる。その思いを伝えなければ」

「そのことよ。わしなどに会わず、すぐに大石殿と会うべきだ」

「そう願ったのだが、藩札の払い戻しで忙しいらしく、ここに案内されたのだ」

「妙だな。藩札の騒動は収まっているはずだが」

渋い顔をする徳永。

落合は、不安が込み上げた。

「大石殿が会おうとされぬのは、籠城に決しようとされているからだろうか。そのような気がしてきた」

「いや、それはない。大石殿は慎重なお方ゆえ、まだ決めかねておられるはずだ」

「だが、大石殿の心底に籠城の二文字があるなら、過半数の願いに応じられるかもしれぬ。会えぬまま時を潰《つぶ》しとうない。何か手はないか」

徳永はすぐに答えた。

「次席家老の大野《おおの》九郎《くろ》兵衛《べえ》殿と会ってはどうか。かのお方は、籠城に強く反対されたと聞く」

「しかし、預かっている文は、大石殿に宛てた物だ。他の者には見せられぬ」

「おぬしの口から伝えればよかろう。姫のご意志を知れば、大野殿は必ず力になってくださるはずじゃ」

「よし、会おう。大野殿は城か」

「いや、籠城に反対されて、合議の場から去られた。今は屋敷におられるはずだ」

落合はただちに、大野の屋敷へ向かった。

だが、大野も多忙を理由に会おうとしない。

阿久利の遣いだと用人《ようにん》に迫ったが、その対応はよそよそしく、

「もはや、どうでもよいということか」

閉められた門扉の前で、落合はそうこぼした。

その日はあきらめ、翌日も訪ねたが、大野は会おうとしない。

やはり大石に会うべきと思いなおした落合は、一人で屋敷へ足を向けた。

堀端の道を歩いていると、旅装束の侍たちが続々と本丸の門へ入っていくのが見えた。

内匠頭の初七日を終えた藩士たちが、江戸から集まっているに違いなく、落合は足を速めた。

顔見知りの者を見つけて声をかけたが、その者は軽く頭を下げるのみで止まらず、本丸へ入っていく。

「堀部安兵衛殿はどこにおるか」

落合は大声をあげたが、その者は振り向きもしなかった。

後から来た三人を呼び止めて安兵衛の所在を訊《き》いたが、三人とも知らぬと言い、足早に門

内へ入っていく。

落合も続こうとしたが、大石に止められているのか、門番は許さなかった。

「他家の方は、ご遠慮願います」

他家と言われて、落合は動揺した。

長らく阿久利に従って江戸の藩邸で過ごした身でも、今は、三次の人間。まさか奥方様のことも、そう思っているのだろうか。

このままではいかん。会って奥方様の思いを伝えなければ。

焦った落合は、本丸の門前にある大石邸に行き、門前で帰りを待つことにした。

だが、それと知って現れぬのか、大石は本丸から出てこなかった。

夜遅くまで粘ってみたが、結局会えぬままその日を終え、次の日も、その次の日も門前で待った。

会えぬまま五日がすぎ、この日の昼間も、落合は大石邸の門前にいた。桜の時季はとうに去り、外で立っていると汗ばむ陽気。

厳しい日差しをさけるために木陰に移ろうとした時、

「落合殿ではないですか」

本丸のほうからした声に振り向くと、片岡源五右衛門だった。

磯貝十郎左衛門もいる。

歩み寄った片岡が、笑みを消し、神妙な面持ちで言う。

「奥方様は、ご息災ですか」

鉄砲洲の屋敷で親しくしていた二人に、落合は思わず落涙した。

涙の意味がわからぬ二人は顔を見合わせ、片岡が悲痛な顔を向けた。

「まさか、殿の後を追われたのですか」

落合は頬を拭い、笑みを浮かべる。

「二人に会えて嬉《うれ》しかったのだ。歳《とし》のせいで、涙もろうなった。奥方様はご息災じゃが、皆のことを案じて胸を痛めておられる。城の話し合いは、いったいどうなっている」

するど片岡は、顔をしかめた。

「話になりませぬ。お咎めなしと定まった吉良の処分を公儀にご再考願うために、城の受け取りに来た大名に訴え、大手門前で切腹することが決まりました」

落合は目を見張った。

「なんと。それはだめだ」

「さよう。我らは従わぬ所存。これより江戸に帰って、憎き吉良めを討ちまする。ではごめん」

落合は、行こうとする二人の前に立って止めた。

「待たれよ。それもならぬ。奥方様は、仇討ちも籠城も、切腹も望まれておらぬ」

「そ、それはまことですか」

動揺する磯貝を横目に見た片岡が、落合に厳しい目を向ける。

「吉良だけは、生かしておけませぬ」

横にそれて行こうとする片岡に、落合は言う。

「これは殿の遺言だぞ」

足を止めた片岡が、意外そうな顔を向けた。

落合は言う。

「奥方様は殿から、家臣が命を落とさぬよう遺言されておられるのだ。それは、後を追うことを望まれておらぬ証《あかし》であろう」

片岡と磯貝は目を潤ませたが、二人とも悔しそうだ。

「にわかには信じられませぬ。我らがことを起こせばご親戚に累が及ぶため、吉良めを生かせとおっしゃるか」

声をしぼり出す片岡に、落合は歩み寄った。

「そうではない。奥方様は、藩士たちのことを第一に考えておられる。切腹したところで、公儀の沙汰が変わるとは思えぬ。まして仇討ちなどすれば、御家再興の望みは絶たれるではないか」

「御家再興……」

「さよう。吉良上野介の存命を知られた奥方様は、大学様の許しを嘆願されるおつもりだ。その願いが叶《かな》えば、家臣たちは迷わずにすむ。腹が立つ気持ちはわかる。奥方様とて、心中は穏やかではあるまい。だが、御家再興を望まれているのだ。城は一時召し上げられるが、大学様に戻されるかもしれぬ。わしは大石殿にそのことをお伝えするために、こうして粘っておるのだ」

阿久利の文があることを教えると、片岡は肩の力を抜き、穏やかな面持ちとなった。

「奥方様のお気持ち、ようわかりました。では、江戸で吉報を待つとしましょう」

片岡はそう言い、磯貝と揃《そろ》って頭を下げ、江戸に向けて旅立った。

思いとどまってくれたことに安堵《あんど》した落合は、二人の姿が見えなくなるまで見送り、ふたたび大石邸の門前で待った。

夜もふけ、今日もだめかとあきらめて宿所に戻っていたところへ、使者が来た。

大石が、やっと会うというのだ。

脱いでいた袴を慌てて着け、使者に従って宿所を出ると、案内されたのは大石邸だった。

通された八畳間には、蠟燭が灯された燭台が二台置かれ、明るくされている。

下座に正座し、程なく出された茶を一口飲んだところで、左手側の廊下に足音がした。

本丸からくだったばかりらしく、裃《かみしも》を着けたままの大石に、落合は膝に手を置いて頭を下げた。

「落合殿、お顔を上げてくだされ」

気さくな様子の大石は、落合の前に正座した。

この大事に際し、さぞ疲労困憊《こんぱい》しているであろうと思っていたが、元気そうだった。十八年前に会った時とは互いに歳を取っているものの、四十三歳になった大石の体型は変わらず、表情には貫禄がある。

「大叔父が亡くなった時以来ですか」

大石からそう言われて、落合はうなずいた。

「お元気そうで、安堵しました」

「そなた様も」

言った大石の目が悲しみに満ちていることに、落合はこの時になって気付いた。

「さっそくですが、奥方様の文に目をお通しください」

懐から出した文を差し出すと、大石は封を切り、紙を開いて目を走らせた。読み終えて膝に置き、落合を見る。

「昼間は、血気に逸《はや》る片岡と磯貝を止めてくださり、かたじけない」

落合は恐縮した。

「ご存じでしたか」

「家の者が聞いておりました。奥方様のお気持ち、しかと胸に止めて先のことを決めましょう。さようお伝えくだされ」

「では、切腹は思いとどまっていただけますか」

すると大石は、含んだ笑みを浮かべた。

その真意がわからぬ落合が問おうとした時、大石が先に口を開いた。

「奥方様の化粧料は、確かに承《うけたまわ》りました。御家再興と家臣の暮らしに、役立てさせていただきます」

御家再興の言葉を聞き、落合はほっと息をついた。

「では、そのようにお伝えしまする。一つ気がかりは、堀部安兵衛殿のことです」

すると大石は、渋い顔をした。

「あれは、血の気《け》が多いですからな。知らせによりますと、安兵衛は江戸で凶事を起こそうとしておりました」

落合は驚いた。

「凶事とは何ですか」

「同志を募り、吉良を討とうとしていたのです。だが、吉良の屋敷は守りが堅く、集まった手勢では手が出せなかった。ならばと、殿中で殿を止めた梶川与惣兵衛《かじかわよそべえ》殿を斬ろうとしていたらしいが、梶川家も赤穂藩士を恐れて守りが堅く、あきらめたそうです。今は、この赤穂の城で公儀方と一戦交えるつもりで、江戸を離れようとしています」

初七日の法要を終えて発ったと思っていたが、まだ江戸にいたのだ。

落合は肝を冷やした。

梶川は将軍の生母である桂昌院《けいしょういん》付きの留守居番だ。逆恨みをして斬れば、御家再興の道は閉ざされる。

落合は大石に言う。

「殿は奥方様に、安兵衛殿についてお言葉を残されています」

「ほう、どのような」

「安兵衛は口より先に手が出るほど気性が荒い。躬《み》がおらぬ時に無鉄砲なことをせぬよう、そなたが代わりに手綱《たづな》を引いてくれ、と」

大石は、下を向いた。

「殿はやはり、覚悟の上でございましたか」

「さように思われます。よほど、腹に据えかねたことがあったに違いござらぬ」

「安兵衛には、今のお言葉のとおりに伝えましょう。早まったことはこの内蔵助がさせぬと、奥方様にお伝えください」

「承知いたした。襲撃を思いとどまってくれてようござった。奥方様は、さぞ安堵されましょう」

「江戸へは、いつ発たれますか」

「明日にでも」

「では、ゆるりとしてくだされ。いずれ入府《にゅうふ》することもありましょうが、今宵《こよい》は貴殿と飲みたい気分なのです」

落合は快諾し、内匠頭が存命だった頃の思い出を語りながら、夜中まで酒を酌み交わした。

家臣たちを子供と思っていたあるじ内匠頭が、何ゆえ凶事に及んだのか。

それを知る者は誰もいない。

「江戸の者たちは、吉良上野介のいじめに殿がお怒りになり、刃傷《にんじょう》に及んだと語るそうですが、それがしは信じておりませぬ」

大石は、苦渋の面持ちでそう言った。

落合は目を見て問う。

「では、何が原因と思われますか」

大石は、ため息をつく。

「考えておりますが、答えは出ませぬ」

「殿の口数が減っておられたのは確かなこと。奥方様は、悩みを聞いてさしあげられなかったことを、悔やんでおられます」

「殿には無骨な一面がございましたから、己一人で抱えられたのでしょう。合議の座で、公儀は金に困り、この赤穂の塩田を狙っての陰謀だと言う者がおりました。憶測にすぎませぬが、その読みがまことならば、御家再興が叶ったとしても、浅野家が大きくした塩田は戻らぬはず。それが、答えやもしれませぬ」

「その時は、いかがされます」

大石は悲しげな笑みを浮かべた。

「殿がされたことの結果ですから、従うまで。御家再興が叶えば、与えられた領地を守ります」

この日語ったとおり、落合が帰った後の四月十二日、大石は家臣たちを本丸御殿に集め、城の明け渡しを表明した。

瑤泉院

五月のある日、去る四月十八日に、赤穂城の明け渡しが無事終わったことを知らされた阿久利は、鉄砲洲の屋敷で仕えてくれていたおだい、今の仙桂尼《せんけいに》を頼るべく、屋敷に招いた。

久々の再会に、仙桂尼は涙を流した。

「すぐに駆け付けるべきのところ、ご無礼をいたしました。申しわけございませぬ」

気を使ってのこととわかっている阿久利は、仙桂尼の手を取り、首を横に振って見せた。

「こうして来てくれたではないですか。もう泣かないで」

仙桂尼は目をつむって頭を下げた。そして、内匠頭の位牌に向いて手を合わせ、供養の経を唱えてくれた。

阿久利も共に経を唱え、改めて仙桂尼と向き合った。

「本日お呼びしたのは、そなたに力を貸してほしいからです」

「わたくしにできることならば、なんなりといたします」

阿久利は、一通の書状を差し出した。

「これは、大学殿のお許しと、浅野家の再興を嘆願する物です。桂昌院様に、渡してくれませぬか」

増上寺《ぞうじょうじ》塔頭《たっちゅう》にて仏に仕えている仙桂尼は、桂昌院の覚えめでたき者。

頼る阿久利に、仙桂尼は快諾した。

「かしこまりました。三日後に護持院《ごじいん》でお目にかかれましょうから、その時にお渡しします」

「頼みます」

阿久利は平身低頭した。

仙桂尼は慌てて手を取り、頭を上げてくれと言う。

阿久利が従って顔を上げると、仙桂尼は手を包み込み、目に涙を浮かべた。

「殿とあれほどに仲がよろしかったのですから、さぞや、お寂しいことでしょう」

手を強くにぎられ、阿久利は胸が熱くなったが、御家再興が叶うまで泣かぬと決めている。

つとめて笑みを浮かべ、

「今は落ち着き、家臣の身を案じるばかりです」

そう言って、手をにぎり返し、くれぐれも頼むと頭を下げた。

三日後、阿久利の文を胸に護持院へ赴いた仙桂尼は、行事が終わるのを待ち、控えの間にいる桂昌院を訪ねた。

警固の者を残し、人払いを望む仙桂尼に、桂昌院はいぶかしみつつも、二人で向き合った。

仙桂尼は書状を出し、赤穂藩主の妻、阿久利からだと告げると、穏やかだった桂昌院の顔がにわかに曇った。

それでも、仙桂尼の頼みとあらば、と言い、書状を手にした。

読み進めるにつれて、表情が険しくなってゆく。

両手をつき、願う姿勢で待っている仙桂尼に、桂昌院は書状をぶつけんばかりに手から離し、怒気を込めて言う。

「御勅使が本丸にいらっしゃる時に不埒《ふらち》極まりないおこないをして、上様に大恥をかかせておきながら御家再興を願うとは、なんという厚かましさ。その上この者は、わらわの一字を勝手に使うておるではないか。不愉快じゃ」

怒りをぶつけられた仙桂尼は、書状を巻き取り、そそくさと退散した。


三次藩の下屋敷で待ちわびていた阿久利のもとへ仙桂尼が来たのは、夕暮れ時だった。

浮かぬ顔を見て、不首尾を悟った阿久利であるが、まずは労《ねぎら》いの言葉をかけ、茶菓でもてなした。

仙桂尼は恐縮し、なかなか言おうとしない。

「桂昌院様は、お怒りでしたか」

先回りをする阿久利に、仙桂尼は、皺《しわ》を伸ばした書状を返した。

「上様に大恥をかかせた報いだと、おっしゃいました。それともう一つ、寿昌院様の一字が桂昌院様の一字と重なることを、不快に思われております」

阿久利ははっとした。

「配慮が足りませんでした」

恐縮したが、控えていた落合は怒った。

「言いがかりもいいところだ。奥方様、改めることはありませぬぞ」

「ですが与左殿、ここで頑《かたく》なになっては、大願が叶いませぬ。すぐに泉岳寺へ行き、住職に改めてもらってください。仙桂尼殿、名を改め次第詫び状を書きます。すまぬが、桂昌院様に届けてください」

「では明日、またまいります」

仙桂尼は頭を下げ、泉岳寺に行く落合と共に部屋を出た。

夜遅く戻った落合は、一枚の紙を手にしていた。

渡された紙には、瑤泉院と書かれている。

「ようぜんいんと読みます」

阿久利は落合の言葉を復唱し、内匠頭の位牌に手を合わせた。

詫び状を書き、翌日仙桂尼に託した。だが、戻った仙桂尼は、昨日と同じく浮かぬ顔をしている。

聞けば、桂昌院は詫び状さえも受け取らず、取り付くしまもないという。

阿久利は肩を落としたものの、あきらめはせぬ。

「文などでは、お許しいただけぬということでしょう。お目にかかって詫びるには、どうすればよいですか」

仙桂尼は驚いた。

本気ですか、という面持ちに、阿久利は微笑む。

「お許しいただけなければ、御家再興の嘆願ができませぬ。どうか、力になってください」

「ですが、今日のご様子では、お願いしても断られるかもしれませぬ」

「赤穂の家臣たちのためにも、あきらめるわけにはいきません。護持院にくだられる時に、お目にかかれるよう手筈《てはず》を頼みます。会えなくとも、道中の駕籠に向かって頭を下げるだけでもよいのです」

阿久利の熱意に押された仙桂尼は、尽力を約束してくれた。

翌日、改名を知った園の方が阿久利の部屋に来た。

不機嫌な園の方は、阿久利の前に座るなり言う。

「桂昌院様に立腹されて名を改めたというのは、まことですか」

「迂闊《うかつ》でございました。詫び状を送りましたが受け取っていただけず、仙桂尼殿に尽力いただき、お目にかかってあやまろうと思うています」

園の方は慌てた。

「それはなりませぬ」

「何ゆえに」

「殿が上様に睨《にら》まれれば、三次藩も危ういからです」

「ですから、お詫びをして……」

「なりませぬ」

頭ごなしに止める園の方に、阿久利は納得できぬ。

「養母上、わたくしは、どうしても桂昌院様にお許しいただかなくてはならぬのです」

園の方は厳しい顔をした。

「御家再興のご尽力を賜る腹ですか」

「ご推察のとおりです。内匠頭の家来は、御公儀がくだされた片手落ちの処罰に納得しておりませぬ。江戸市中の風に流されて仇討ちに走らぬためにも、大学殿のお許しを賜り、御家再興を果たすのが大事。そのためには、上様の御母堂であらせられる桂昌院様を頼る他に、術《すべ》がないのです」

「おこがましいにもほどがあります」

園の方が激昂《げきこう》したところへ、長照が来た。

「何を大きな声を出しておる」

「大殿……」

慌てる園の方に倣い、阿久利も頭を下げた。

上座を譲る園の方から、阿久利が桂昌院に御家再興の嘆願をしようとしていることを聞いた長照は、渋い顔をした。

「そういうことか」

ため息まじりに言い、阿久利を見てきた。

平身低頭し、許しを乞う阿久利に、長照は静かに語る。

「よいか、内匠頭は大事な席で、将軍家に恥をかかせたのだ。息子に恥をかかせた者に母親が怒りを抱くのは、人の性《さが》というもの。恥をかかせた者の妻であるそなたが、怒り収まっておらぬ母親に会うのは、火に油を注ぐようなもの。そうは思わぬか」

血が繋《つな》がらぬ家臣を子と思い、命を救いたいと願うのだから、血を分けた子のこととなれば、その怒りは一入《ひとしお》か。

桂昌院の母心を知った気がした阿久利は、肩を落とした。

長照が言う。

「家臣を思うそなたの気持ちもわかる。御家再興を望むなとは言わぬ、桂昌院様とて、そなたの思いをわかってくださるはずだ。ほとぼりが冷めた頃に、改めてお願いしたらどうか」

阿久利が応じると、長照は厳しい面持ちで続けた。

「御家再興を成し遂げるためにも、しなければならぬことは他にもある」

阿久利はふたたび平身低頭した。

「教えを乞います」

「江戸に散らばっている赤穂の者の居場所を把握し、早まったことをせぬよう抑えるべきだ。急進派の筆頭が誰か、わかっているのか」

「はい」

「その者の名は」

阿久利は顔を上げた。

「堀部安兵衛殿です」

長照は驚き、納得した顔をする。

「高田の馬場で名を馳《は》せた、あの安兵衛か」

長照が言うのは、七年前の元禄七年二月十一日に高田の馬場でなされた決闘のことだ。

まだ安兵衛が中山《なかやま》の姓を名乗っていた当時、直心影流《じきしんかげりゅう》の師、堀内源左衛門《げんざえもん》が主宰する道場の師範代を務めていた。その道場には、伊予《いよ》西条藩士《さいじょうはんし》の菅野六郎左衛門《すがのろくろうざえもん》がいた。安兵衛と菅野は歳が離れていたが、伯父と甥《おい》の盃《さかずき》をかわすほど仲がよかった。

その菅野が、同藩の村上庄左衛門《むらかみしょうざえもん》と些細《ささい》な揉《も》めごとから争論となり、高田の馬場で果たし合いとなった。

死を覚悟した菅野は、残される家族のことを安兵衛に託そうとしたのだが、安兵衛は助太刀をすると言って、果たし合いの場に同道した。

村上側の助《すけ》っ人《と》は四人。

初めは、菅野と村上の一対一で果たし合いがおこなわれたが、助っ人どもが菅野を騙《だま》し討ちし、深手を負わせた。

これに怒った安兵衛は、騙し討ちした弟三郎右衛門《さぶろうえもん》他三名を討ち取った。

助太刀を受けた菅野は、重傷を負いながらも村上の両腕を切断し、果たし合いに勝ったものの、安兵衛の手当の甲斐《かい》なく、その場で息を引き取った。

見物人が大勢いたことで安兵衛の名が広まり、高田の馬場の決闘を知らぬ者はいないのだ。

義に厚い安兵衛だけに、長照は案じている様子。

「かの者の居場所はわかっているのか」

同じ気持ちの阿久利は、控えている落合に顔を向けた。

「与左殿、安兵衛殿は、今どうしていますか」

「亡き内匠頭様のお気持ちを知り、仇討ちを思いとどまっております」

阿久利が長照を見ると、長照はうなずき、落合に言う。

「引き続き、その者から目を離すな」

「はは」

「阿久利も、今は静かにしておれ。よいな」

「はい」

阿久利は従い、内匠頭の菩提《ぼだい》を弔いながら、静かに日々を送ることにした。

御家再興への道

外はうだるように暑い。

阿久利は、油蟬《あぶらぜみ》の声を背後に聞きながら、位牌に手を合わせて瞑目《めいもく》し、経をあげている。

本日六月二十四日の今頃は、泉岳寺で百か日法要をされているからだ。

亡き良人を想いながら、ひたすらに念仏を唱えて菩提を弔った。

目を開ければ、位牌の両端で灯されている蠟燭の火が波打つように燃えている。うつろな目で火を見ていると、ふと、良人が笑っているように思え、気持ちが穏やかになれた。

泉岳寺に集まった家臣たちに供養され、殿は喜んでおられるはず。

そう思う阿久利の胸にあるのは、御家再興の四文字。

子供と思う家臣たちの寄る辺となる御家を再興せねば、良人は成仏できぬ。

長照に桂昌院への拝謁を止められてからも、阿久利は密《ひそ》かに、大石と連絡を取っていた。

大石も御家再興に動き出す。先日の文でそのことを知った阿久利は、故人が御家の先祖として祀《まつ》られる百か日の法要に、特に想いを寄せていたのだ。

阿久利の名代として法要に参加していた落合が戻ったのは、日が暮れてからだった。

部屋に来た落合の暗い顔を見た刹那《せつな》、阿久利は胸騒ぎがした。

「何か、あったのですか」

問うと、落合は僅かに顔をしかめ、そばに歩み寄って正座した。

「安兵衛殿は、仇討ちを念頭に動いております」

「まさか……」

阿久利は絶句した。

そんなはずはない。安兵衛殿は、殿とわたくしの思いをわかってくれたはず。

「しかし、大石殿の文には、安兵衛殿も御家再興を願っていると書かれていたではないですか」

「気が変わったか、あるいは初めから、信念を通しているとしか思えませぬ」

「安兵衛殿と会えたのですか」

「会いました」

「では本人が、はっきりそう申したのですか」

「いえ、法要を終えた後、皆を集めた安兵衛殿が気になり陰から見ておりました。内匠頭様の墓前で方々と話しているのを、耳にしたのです」

「なんと申していたのです」

「安兵衛殿は、内匠頭様が御本意を遂げられぬまま切腹させられたことを方々に説き、吉良の首を墓前に供えなければ、成仏されぬと申しておりました」

「方々はなんと」

「賛同する者もおりましたが、安井彦右衛門殿は、大学様に御家再興が許されれば、亡君は何よりもお喜びになられるゆえ今は動くなと、諭しておりました」

「安兵衛殿は、納得しましたか」

落合は首を横に振った。

「何か言ったようですが、声音を下げられてしまい、聞き取ることができませんでした。帰る安兵衛殿を捕まえて訊こうとしたのですが、それがしを避けて、足早に去りました。そこで安井殿に訊いたところ、御家再興が叶えば、安兵衛殿も必ず思いとどまるはずだ、そう申しておりました」

「裏を返せば、再興が叶わぬ時は吉良殿を討つということですか」

「それがしもさように言いましたが、安井殿は言葉を濁しました」

城を明け渡してはや二月《ふたつき》。何も変わらぬことに、安兵衛は苛立《いらだ》っているに違いない。

そう考えた阿久利は、大石に文を書くべく支度をしていると、侍女から声がかかった。

「瑤泉院様、仙桂尼様がお越しにございます」

夜に何ごとだろうか。

案じた阿久利は、すぐに通すよう告げた。

程なく来た仙桂尼は、落合が戻った時とは違い、明るい顔をしていた。

吉報だと期待し、向き合う。

仙桂尼はあいさつもそこそこに、笑みを交えて言う。

それによると、赤穂遠林寺《えんりんじ》の僧祐海《ゆうかい》が、愛宕下《あたご》にある浅野家の祈願所だった鏡照院《きょうしょういん》に入る知らせがあったという。

大石の依頼を受けて江戸にくだった祐海は、将軍綱吉《つなよし》が帰依する護持院の隆光《りゅうこう》大僧正と会い、浅野大学の赦免を願うつもりだとも。

遠林寺は浅野家の祈願寺であり、赤穂城開城後には、大石が藩の残務処理をおこなう場としていたはず。おそらく大石は、住職の祐海と御家再興を話し合い、頼ったのだ。

阿久利は身を乗り出した。

「いつですか」

「今月中とありましたから、もうすぐだと思います。祐海和尚《おしょう》は、隆光大僧正と話せるお方と聞きました。必ずや、上様のお耳に届けてくださいましょう」

「我らの望みが叶うことを、願わずにはおられませぬ。共に、経をあげてください」

「はい」

仙桂尼が横に来るのを待った阿久利は、内匠頭の位牌に手を合わせ、念仏を唱えた。

それから数日のあいだ、阿久利は吉報を待ち続けた。

仙桂尼が訪ねて来たのは、夏の盛りも終わり、朝夕が涼しくなった頃だった。

「ことの経過のご報告もせず、申しわけございませぬ」

仙桂尼の顔を見ただけで、不首尾を悟った。それでも阿久利は、仙桂尼を労うことを忘れず、じっくり話を聞いた。

大石の意に沿い江戸に来た祐海は、隆光と幾度か会い嘆願を伝えた。だが、隆光はいい顔をしなかったという。

将軍綱吉は、江戸城での内匠頭の凶行を恨んで即日切腹を命じたのだから、御家再興は難しいのではないか、と言われたという。

そこまで聞いた阿久利は、落胆し、目をつむった。

「では、嘆願は上様に届きませぬか」

仙桂尼は、落ち込んだ様子でうなずいた。

「隆光様は、あいだに立つことを拒まれたそうです」

「そうですか……」

このままでは、安兵衛たちが決起する。

そう心配した阿久利は、仙桂尼がいる前で、大石に文をしたためた。

(祐海和尚が江戸にくだられたことが不首尾となれば、堀部安兵衛殿たちが吉良殿を襲うかもしれませぬ。大願を叶えるために、どうか、方々を抑えてください)

「与左殿、これを内蔵助殿に届けてください」

落合は文を受け取り、部屋から出ていった。

仙桂尼が、案じる面持ちで言う。

「この先、いかがされますか」

「大学殿の道が定まるまでは、望みを捨てませぬ。まずは、内蔵助殿の返事を待ちます」

「では、わたくしは公儀の動きを探ってみます」

「できますか」

仙桂尼は、神妙な顔でうなずいた。

「桂昌院様付きのお方に、それとなく訊いてみます」

「そなたの立場もありますから、くれぐれも、無理はせぬように」

「はい。では、わたくしはこれで」

「与左殿に送ってもらいましょう」

「いえ、夜道は慣れていますから」

仙桂尼は、阿久利の手をにぎってきた。

「少し、お痩せになられました。食べてらっしゃいますか」

温かいこころに触れて胸が熱くなったが、涙を見せてはならぬと自分に言い聞かせ、阿久利は気丈に笑みを浮かべた。

「涼しくなり食欲も増しましたから、心配は無用です」

仙桂尼は優しい顔でうなずき、帰っていった。

大石内蔵助から返事が来たのは、七月の終わり頃だった。

庭にはりんどうの花が咲き、なでしこの花が終わろうとしている。

花を眺めて気持ちを落ち着けた阿久利は、文の封を切った。

(祐海和尚はすでに赤穂へ戻り、護持院を頼って御家再興を嘆願する策は不首尾に終わりました。されど、まだ望みは捨てておりませぬ。別の道を探り、御家再興の大願を果たす所存。なお、堀部安兵衛のことは案じられませぬように、安兵衛は今、京にて静かに暮らしております。自分も城下の残務を終え赤穂を去り、京の山科《やましな》に隠棲《いんせい》いたしました)

文を読み終えた阿久利は、落合を見た。

「内蔵助殿が、山科に移られたそうです」

落合が意外そうな顔をした。

「てっきり江戸に来られるものと思うておりましたが、何ゆえ、上方《かみがた》にとどまられたのでしょうか。もしや、裏があるのでは」

「悪いほうに考えるのはよしましょう。安兵衛殿も、内蔵助殿を慕って京にいるそうですから、討ち入りのことは、今のところ心配なさそうです」

落合はうなずいた。

「なるほど、大石殿が入府されれば、安兵衛殿はむろん、赤穂の者たちも従いましょうから、仇討ちの噂に遠慮されましたな」

「わたくしもそう思います。与左殿、養父上に目通りを願います」

「何をお考えですか」

「やはり、桂昌院様にお目にかかり、頭を下げるしかないと思うのです」

落合は承知し、長照のもとへ向かった。

庭で会うと言われて、阿久利は久々に外へ出た。

手入れが行き届いた庭は美しいのだが、景色を楽しむ余裕が、今の阿久利にはない。

色鮮やかな鯉《こい》が泳ぐ池のほとりに立つ長照が、足音に気付いて振り向き、薄い笑みを浮かべた。

「わしに頼みとはなんじゃ」

阿久利は立ち止まり、頭を下げた。

「そろそろ、ほとぼりが冷めた頃と存じます」

返事はない。

頭を上げると、長照は厳しい顔に変わっていた。

「養父上、お願いにございます。護持院へまいるお許しをください」

「赤穂の浪士たちの多くは、上方におるそうだな」

「大石内蔵助殿は、御家再興を望んでおりまする。桂昌院様に、嘆願しとうございます」

長照はため息をついた。

「おなごが動いたところでどうにもならぬと思うが、それでも行きたいのか」

「桂昌院様は、上様に恥をかかせた内匠頭にご立腹なのですから、妻として、詫びとうございます」

「詫びるだけならよいが、御家再興を嘆願いたせば、あざといと言われようぞ」

「それでも、わたくしの気持ちを伝えとうございます」

「気持ちとはなんじゃ」

「内匠頭は、つまらぬことで刀を抜くような人ではございませぬ。吉良家をお許しになるのでしたら、浅野家もお許しくださるよう、お願いします」

「たわけ、罰をくだされたのは上様ぞ、大それたことを申すな」

「わたくしには、桂昌院様のお慈悲にすがるしか、赤穂の者たちを救う手がないのです」

長照は驚き、探る目をした。

「まさか、仇討ちの動きがあるのか」

「ございませぬ。内蔵助殿が御家再興の道を示し、皆従うております。ですが先日、内蔵助殿が頼りにしていた者が、不首尾に終わりました」

「それで、そなたが動こうと思うたのか」

「はい」

「他に、よい手はないか」

「よい手も、時もありませぬ」

阿久利の必死の眼差《まなざ》しに、長照は渋い顔で応じた。

「仇討ちに走られては、そのほうが面倒なことになる。よかろう、護持院にまいることを許す」

阿久利は頭を下げ、さっそく動いた。

落合を仙桂尼のもとに走らせ、桂昌院が護持院にくだる日に案内を頼んだ。

仙桂尼は快諾してくれ、五日後に案内をするという。

初めて会う桂昌院と、どう向き合うべきか。

まずは、迂闊に院号の一字を使ったことを詫びるべきであろう。

赤穂の者を救うためにも、慈悲を賜らねばならぬ。

五日はすぐに去り、阿久利は仙桂尼と共に屋敷を出た。

駕籠こそ使うが、落合と仙桂尼のみが付き添うだけの、赤穂浅野家の正室だった時には考えられぬ供の少なさ。

仙桂尼は嘆いたが、阿久利は、そんなことは気にもならなかった。長照を騙したようで気が引けたものの、将軍の御母堂に嘆願する決意でいるため、緊張しているのだ。

だが、待っても桂昌院は来なかった。

日が沈みはじめた頃、静かな部屋でじっと待ち続ける阿久利に、落合が見かねたようにそばに来て言う。

「どうやら、避けられましたな。動きが知られているようです」

仙桂尼は慌てた。

「考えられませぬ。奥方様のことは、誰にも言っていないのですから」

落合は、廊下に控えている寺の若い僧に、悔しそうな顔を向けた。

「護持院の者が知らせに走ったと思えば、合点がいく」

「与左殿」

阿久利は、顔を向ける落合に首を振って、口を止めた。

下を向く落合。

阿久利は仙桂尼に顔を向ける。

「今日はあきらめます。次もまた、頼めますか」

「喜んで」

「では、帰りましょう」

阿久利が立ち上がると、仙桂尼も従い、世話をしてくれた寺の者に礼を言って辞した。

隆光とも会えぬまま、阿久利は寺を後にした。

意気消沈し、町の様子を見る気にもなれず駕籠に揺られていると、突然止まった。

「危ないではないか」

担ぎ手の声があがり、落合が静める声がする。

何ごとかと思い、小窓を開けて見た。すると、酒樽《さかだる》を天秤棒《てんびんぼう》に担いだ頬被《ほおかぶ》りの商人が、落合に頭を下げている。

駕籠がふたたび進みはじめると、商人は近づき、

「磯貝十郎左衛門にございます」

小声で告げた。

はっとした阿久利は、駕籠を止めよと声をかけた。

「止めてはなりませぬ。吉良と上杉の者が見張っております」

磯貝の声に担ぎ手は応じ、歩み続ける。

ゆっくり進む駕籠の中で、阿久利は磯貝と目を合わせた。

まことに磯貝かと思うほど、鋭い眼差し。

内匠頭の前で、磯貝の鼓《つづみ》に合わせて琴を爪弾いたのが、つい昨日のように思え、視界が霞《かす》んだ。

磯貝は、すぎる駕籠に顔を向けず下を向いた。

小窓から、見えなくなるまで目をそらさなかった阿久利は、なんのために姿を見せてくれたのか気になった。

何か言おうとして見張りに気付き、咄嗟《とっさ》に口をつぐんだのではないか。

悔しさと悲しみがにじんだ面持ちをしていた。

何を伝えたかったのであろう。

振り向いても、もう見えぬ。

内匠頭と磯貝の三人で笑ったことが脳裏に映え、胸が張り裂けそうになった。

「殿……」

良人ならば、磯貝の姿を見て何を語られただろうか。

目を閉じて、今生の別れとなった時のことを思い浮かべた。

(明日からの留守を頼む。我らの子である家臣が命を落とさぬようにな)

屋敷に戻った阿久利は、部屋で落合と向き合い、胸のうちを打ち明けた。

「十左《じゅうざ》殿は何かを伝えようとしたに違いなく、心配です」

落合は渋い顔をした。

「おっしゃるとおり、尋常ならざる様子でした」

「今どこで、何をしているのでしょう」

「調べてみます。その前に、お目にかけたき者がおります」

「誰ですか」

「お園の方様が、奥方様におなごの付き人がおらぬのは不便であろうとおっしゃり、今日から仕えさせるよう命じられております。よろしいでしょうか」

園の方の配慮ならば、断れば角が立つ。

阿久利は承諾した。

落合に呼ばれて来たのは、阿久利より三つ下のおなご。

「静《せい》と申します」

三つ指をついて頭を下げるお静に、阿久利は微笑む。

「頭をお上げなさい」

応じて顔を上げたお静は、阿久利の穏やかな顔に安堵したような面持ちをして、茶菓の支度をすると言ってさっそく働こうとした。

「その前に、紙と筆の支度を頼みます」

応じるお静を横目に、落合が問う。

「磯貝に文を書かれますか」

「いいえ、桂昌院様への嘆願書です。仙桂尼殿に託そうかと」

「では、それがしは出かけます」

「くれぐれも頼みます」

「はは」

落合は頭を下げ、町へ出かけていった。

阿久利は、お静が墨の支度を調《ととの》えるのを見ながら、話しかけた。

「そなたの里はどこですか」

「生まれは三次でございます。十五の時に陣屋の奥向きにご奉公に上がり、十八の時に、江戸の藩邸に呼ばれました」

「では、以後はお園の方様に仕えていたのですか」

「はい」

故郷から遠く離れた江戸で、嫁に行くことも許されず侍女として生涯を終えるさだめ。お静のことを、鉄砲洲の屋敷で長らく世話になったお菊《きく》と重ねた阿久利は、会いたいという思いを嚙《か》みしめた。

「実家は、三次のどこにあるのです」

「三次町にございます。落合様と父は、従兄弟《いとこ》でございます」

「そうでしたか」

阿久利は親しみを覚えた。同時に、園の方の気遣いに感謝し、迷惑をかけぬためにも御家再興を果たさねばと思い、嘆願書をしたためた。

赤い夜空

良人が無言で座し、じっと見つめている。

「殿……」

自分の声で、阿久利は目をさました。有明行灯《ありあけあんどん》のほの暗い中で見えるのは、内匠頭ではなく天井だ。横を向いても、そこに姿はない。

阿久利は寂しくなり、夜着をにぎり締めた。泣かぬと決めているため、必死に気持ちを落ち着かせた。また夢で会えることを願いつつ、目を閉じる。

遠くで鐘が鳴りはじめたのは、程なくのことだ。

火事を知らせる音に、阿久利は身を起こした。障子を開けて廊下に出てみる。西の空には星が広がり、何ごともなさそうだ。鐘の音は、屋根の向こうから聞こえてくる。

廊下でしたすり足の音に顔を向けると、手燭《てしょく》を持ったお静だった。

白い寝間着姿のまま来たお静は、阿久利が出ていることに気付き、歩みを速めてくる。

「どこが火事ですか」

問う阿久利に、歩み寄ったお静が頭を下げる。

「京橋あたりだそうです。風向きはこちらでございますから、いつでも逃げられるよう支度をせよとのことです」

屋敷はにわかに騒がしくなってきた。

火事の恐ろしさを内匠頭から教えられている阿久利は、お静に言う。

「わたくしのことは自分でしますから、そなたも着替えを急ぎなさい」

「いえ、お手伝いをさせてください」

聞かぬお静と部屋に戻り、着替えをした。

小袖の帯を締めたところでお静を下がらせ、東の空が見えるところへ足を運んだ。

火消しの役目を帯びていた鉄砲洲の屋敷には火の見櫓《やぐら》が備えられていたが、ここにはない。

下屋敷詰めの者が何人か屋根に上がり、空が赤く染まる方角を見ている。

「阿久利」

声に振り返ると、長照が来ていた。その後ろに続く園の方が、いぶかしそうな面持ちで言う。

「お静はどこですか」

「わたくしの支度を手伝い、今着替えをしています」

「こちらに火が来なければよいが」

不安そうな園の方に落ち着くよう言った長照が、屋根に声をかけた。

「火の様子はどうじゃ」

すると、振り向いた家臣が大声で、風向きが変わり、火はこちらに来そうにないと教えた。

安堵する長照に、阿久利は言う。

「空が赤いうちは、まだ油断はできませぬ」

すると長照は、

「おい、火が消えるまで見張りを怠るな」

屋根にいる者に命じ、阿久利に目を細める。

「これでよいか」

「はい」

「内匠頭殿が火消し役をしていた頃は、火の手が上がると忙しかったであろう」

「勇ましくご出役され、顔中煤《すす》だらけにしてお戻りでした」

「民のために奮闘していたことを、知らぬ者はおらぬ。先日、親しくしている福山《ふくやま》藩の江戸家老の訪問を受けたが、惜しい人を亡くしたと嘆いておった」

阿久利は涙を堪えて微笑み、赤い空を見上げた。

福山藩とは塩田のことで交流があり、江戸家老は、塩のことにも熱心だった良人を慕っていたのだろう。

慕われていたといえば、共に火事場を走り回っていた橋本甲賀守《はしもとこうがのかみ》もそうだ。

良人は、火消し役を命じられた殿方を屋敷に招き、熱い指導を重ねていた。その中に橋本甲賀守もおり、あいさつをした時の、優しそうな顔が目に浮かんだ。そして、橋本甲賀守が人を噛んだ犬を斬り殺し、改易《かいえき》に処された時に良人が怒っていたことも、思い出した。人より犬を重んじる今の世を嘆き、悪法だと口に出していた良人のことが御上《おかみ》に伝わっていたことで恨みに思われており、此度の片手落ちの罰に繋がったのだろうか。

胸の奥底でそう考えながら空を見上げる阿久利の頬に、雨粒が落ちてきた。

雨はやがて本降りになり、時が経《た》つと共に、東の空が暗くなってゆく。

雨に打たれながら見張りを続けていた者が、火の衰えを知らせた。

長照が屋根から下りるよう命じ、もう一眠りすると言って部屋に戻っていく。

阿久利は、園の方と会釈を交わして見送り、自室に戻った。

外に出ていたという落合が阿久利の部屋に来たのは、朝餉《あさげ》をすませた時だった。

「昨夜の火事は、雨に救われました」

京橋の商家から上がった火の手は、当初の勢いはさほどではなかったが、消火に手間取り、百軒近くを焼いてさらに勢いが増し、大火になるところだったが、未明の雨が消してくれたのだ。

火事場には、むろん大名火消しも出張った。だが、藩士たちが火を恐れて働きが悪かったため火の勢いが増していた。

そこまで報告した落合は、言おうか言うまいか迷った顔をした。

勘の鋭い阿久利の目は誤魔化せぬ。

「何かあったのなら、隠さず教えてください」

落合はうなずき、畳に目を向けて言う。

「火事場近くまで行っていた者からの又聞きですが、焼け出された者や、家族を失った者たちが、赤穂の殿様がいてくだされば助かったはずだと、泣きながら言っていたそうです」

阿久利は胸が締め付けられ、きつく瞼《まぶた》を閉じた。

「殿は、皆から頼られていたのですね」

「帰る途中で、それがしも同じようなことを耳にしました。江戸にいる赤穂の者たちが聞けば、悔しさが増しましょう。案じられるのは、この火事のことで、内匠頭様を片手落ちの罰で奪った公儀に対する庶民の不満がよりいっそう高まり、仇討ちを期待する声が多くなることです。日頃の公儀に対する不満と、大事件をおもしろがる輩《やから》の期待が膨らめば、由々しきことになりかねませせぬ」

阿久利は憂えた。

「十左殿は、見つかりましたか」

落合は渋い顔を横に振った。

「人を使い方々捜しておりますが、いまだわかりませせぬ」

「わたくしが護持院に行くのを知っていたのですから、屋敷の近くにいると思うのですが」

「上杉と吉良の手の者と思われる影がございますゆえ、今は離れたやもしれませせぬ」

「なんとしても、捜し出してください。此度のことでよからぬ期待が市中に広まれば、仇討ちを望む声に煽《あお》られて動く者が出るおそれがあります。それだけは、止めなければ」

「引き続き捜します」

落合は頭を下げ、部屋から出ていった。

心配でたまらぬ阿久利は、内匠頭の位牌に向かい、弔いの念仏を唱えた。


阿久利の心配をよそに、赤穂浪士の仇討ちを望む声は江戸中に広まっていった。

そのことが将軍綱吉の耳に入るまでに、時間は要さなかった。

火事から七日後の朝、綱吉は、本丸中奥御殿の休息の間に出仕した柳沢出羽守保明《やなぎさわでわのかみやすあきら》に市中の噂を耳にしたと言い、憂えをぶつけた。

「赤穂の者は、上野介を討つと思うか」

柳沢は即答した。

「内匠頭旧臣の筆頭である大石内蔵助に目を光らせておりますが、かの者は山科に隠棲し、動く気配はありませぬ。また赤穂の浪人どもも、赤穂、大坂、京、伏見《ふしみ》、三次など各地に散らばり、中には、広島藩と三次藩の説得に応じて、他家に仕える者が出はじめておりまする。大石の人心を集める力は、もはや失《う》せたも同然かと存じます」

綱吉は真顔で問う。

「赤穂浪士は江戸にもおろう。その者どもはどうじゃ」

「江戸家老だった二名は江戸におるようですが、両名を訪ねる者はおりませぬ。また、高田の馬場の決闘で名を上げた堀部安兵衛が、武士の一分で吉良を討つなどとほざいておったようですが、四人や五人では、警戒を怠らぬ吉良邸に入ることすらできませぬ」

「油断をするな。上野介を討たせてはならぬぞ」

「はは」

「先日、内匠頭の奥が、母上に御家再興の助力を頼んできたそうじゃ」

柳沢が鼻先で笑う。

「此度のことは、上様より桂昌院様が御立腹されておられるというのに、愚かなことです」

「しかし、捨ておけまい」

聡明《そうめい》な柳沢は、気持ちをうかがう面持ちをした。仇討ちをさせるなという綱吉の言葉を、別の意に取ったのだ。

「上様は、内匠頭を切腹させたことを、後悔しておられるのですか」

綱吉は黙っている。

心中を察した柳沢は、平身低頭して言う。

「上様は天下人であらせられます。一度くだされた断を曲げられぬほうがよろしいかと存じます。まして、後から吉良殿を罰することは、あってはなりませぬ」

「しかし、片手落ちのままでは、赤穂の者どもは納得すまい。諸大名たちの中にも、余を不審に思う者がおるはずじゃ」

「大石内蔵助の嘆願を気にされておられますか」

「それもある」

「浅野大学を免じ、吉良殿が登城して大学と顔を合わせることがなきよう配慮願いたいと申しておりますが、吉良殿の排除を望むは、裁きをくだされたお上《かみ》に対する冒瀆《ぼうとく》。耳を貸してはなりませぬ。浅野家のことは、万事、それがしにおまかせください」

綱吉は、眉間に皺を寄せた。

「では、内匠頭の奥が母上に近づかぬようにいたせ」

「はは」

頭を下げ、綱吉の前から下がった柳沢は、早々に動いた。


この日阿久利は、家臣のことを案じつつ写経を重ね、亡き良人の菩提を弔っていた。

庭から摘み取ってきた白い桔梗《ききょう》の花を供え、正座して経を唱えようとした時、お静が声をかけてきた。

「瑤泉院様、お方様がお越しになられます」

合わせていた手を解き、廊下に膝を転じたところで、園の方が部屋に入ってきた。

下座に下がる阿久利に、園の方は不機嫌そうな眼差しを向けてすれ違い、向き合って座した。

阿久利が正座すると、園の方は厳しい目で見つめる。

「先ほど、城から大殿に御使者がまいられました」

吉報ではなさそうだ。

阿久利はうつむく。

「桂昌院様からですか」

「いかにも。そなたが桂昌院様に御家再興を直談判《じかだんぱん》するのを許すとは何ごとかと、お叱りを受けたのです」

阿久利は両手をついた。

「申しわけございませぬ」

「あやまってすむことではありませぬ。大殿はそれでなくとも、赤穂のせいで登城遠慮の沙汰を承《うけたまわ》っている最中《さなか》だというのに、このようなことをされては困ります」

阿久利は平伏して詫びた。

だが、園の方は許さぬ。

「当分のあいだ、護持院はおろか、屋敷の外に出ることを禁じます。よろしいですね」

阿久利が屋敷を出たのは、護持院を訪ねた時のみ。園の方も知っているはずだが、禁じたのは外出のみで、文のことには触れなかった。

阿久利が顔を上げると、園の方は横を向いた。その真意は測りかねるが、桂昌院への嘆願はあきらめるしかない。

「承知いたしました。ご迷惑をおかけして、申しわけございませぬ。養父上に、直にお詫びしとうございます」

「それには及びませぬ。以後、気をつけるように」

園の方はそれだけ言うと立ち上がった。

廊下まで見送った阿久利は、心配そうな面持ちで控えているお静に言う。

「急ぎ、仙桂尼殿を呼んでください。桂昌院様に詫び状を書きます」

「かしこまりました」

知らせを受けた仙桂尼が訪ねてくれたのは、日が西にかたむきはじめた頃だった。

仏事で抜けられなかったことを詫びる仙桂尼に、阿久利は恐縮する。

「忙しいところを呼び出してすまぬ。これを、桂昌院様に届けてほしいのです」

仙桂尼は、ばつが悪そうな面持ちをした。今日のことをお静から聞いたのだと察し、阿久利は詫び状を引き下げた。

「難しいですか」

「詫び状の内容によりまする。何について、詫びられるのですか」

これまでにない厳しい面持ちに、阿久利は戸惑いつつ、御家再興を幾度も願ったことを詫びるのだと言った。

すると仙桂尼は、首を横に振った。

「おそれながら、それでは何も変わりませぬ」

阿久利とてわかっているつもりだ。だが、御家再興の道が絶たれることだけは避けたい。

「何かよい手はありませぬか。このままでは、大学殿に悪い沙汰がくだってしまいます」

すると仙桂尼は手を差し伸べ、詫び状を持つ阿久利の手を包み込んだ。

「桂昌院様は内匠頭様に立腹してらっしゃいますから、その怒りを鎮めることが肝要かと存じます。それが叶えば、耳を貸してくださるかもしれませぬ」

阿久利は戸惑った。事件のことで自分が頭を下げれば、内匠頭の非を認めることになってしまう。

殿はそれを、お望みだろうか。

自問自答した阿久利は、首を横に振る。

「片手落ちの裁きを認めるわけにはいきませぬ。桂昌院様にそこをおわかりいただける手はないものか」

仙桂尼は、より難しい顔をし、阿久利の手に力を込めた。

「お気持ちは察しますが、御家再興のために……」

「できませせぬ」

阿久利はどうしても、内匠頭の非を認めたくなかった。

仙桂尼は、引こうとした手を放さぬ。

阿久利が顔を見ると、仙桂尼は目に涙をためていた。仙桂尼も悔しいのだとわかり、阿久利は胸が痛んだ。

　このままでは、御家再興は叶わぬ。

　阿久利は上を向き、涙を飲んだ。

「わかりました。そなたの言うとおりにします」

　仙桂尼は詫び状が潰れるのも構わず手をにぎりしめ、阿久利を見つめてうなずき、ほろりと涙を落とした。


　後日、阿久利の詫び状を携えた仙桂尼は、護持院にて、桂昌院に拝謁した。

「ご尊顔を拝し、恐悦至極にございます」

　神妙にあいさつをする仙桂尼に、桂昌院はいつもと変わらぬ様子で微笑み、言葉をかけた。

　だが、仙桂尼が阿久利から詫び状を預かっていることを述べると、桂昌院はあからさまにいやそうな顔をし、

「詫び状ではなく嘆願であろう」

　と言い、受け取ろうとしない。

　仙桂尼は詫び状を出した。

「嘆願ではございませぬ。何とぞ、お目通しを」

　頼む仙桂尼に、桂昌院は呆《あき》れた顔をする。

「そなたは、鉄砲洲の屋敷ではよい思いをしておらぬはず。何ゆえそこまで、瑤泉院殿に尽くすのじゃ」

「昔のことは、瑤泉院様に罪はございませぬ。すべては、わたくしの情欲がもたらしたことにございます。この詫び状をお届けに上がりましたのは、桂昌院様に、瑤泉院様のお気持ちを知っていただきたい一心にございます」

「わらわが、瑤泉院殿を誤解していると申すか」

「何とぞ、お目通しを」

平身低頭して願う姿に、桂昌院はため息をついた。侍女にうなずき、文を受け取るよう指図する。

渡された書状を桂昌院は膝に置き、開くのを迷っている様子。

仙桂尼は、平伏したまま待ち続けた。

ふたたびため息をついた桂昌院は、書状を開き、目を通した。

読み終えてやおら立ち上がり、灯されている蠟燭のところに歩むと火を移して火鉢に入れ、焼けるのを見つめた。

書状が残らず焼けるのを見届けた桂昌院は、仙桂尼の前に戻った。

「面《おもて》を上げなさい」

「はい」

仙桂尼は、書状を焼かれたことで阿久利の願いが届かぬと思い、辛《つら》そうな顔をしている。

桂昌院は目を見て問う。

「そなたは、文の内容を存じているのですか」

「いえ、一語たりとも知りませぬ」

桂昌院はうなずき、微笑んだ。

「わらわに対する殊勝な気持ち、ようわかりました。上様にもお伝えすると、帰ってそう申しなさい」

「承知いたしました」

桂昌院の明るい顔を久しぶりに見た仙桂尼は、安堵して頭を下げ、護持院を後にした。


その足で訪ねてくれた仙桂尼から子細を聞いた阿久利は、まずは気持ちが伝わったことに胸をなで下ろし、非を認める形になったことを、こころの中で内匠頭に詫びた。

「桂昌院様は、内匠頭をお許しくださったであろうか」

「口には出されませぬが、穏やかな表情をしておられ、上様にもお伝えするとおっしゃいましたから、期待をしてよろしいかと」

「よいほうへ動くことを願いたいところですが、その場で焼かれたことが気になります。どういう意味でしょうか」

「奥方様は、なんとお書きになられたのですか」

「そなたが教えてくれたとおりに、内匠頭がしたことを詫びたのです。御家再興の嘆願と吉良殿のことは、一切書いておりませぬ」

仙桂尼はうなずいた。

「人目に触れさせず、胸にとめ置くというご意志かと存じます」

真意を測りかねる阿久利は、仙桂尼の推測を信じることとし、前向きに考えた。

「大学殿に許しが出るとよいのですが」

「必ずや叶いますから、ご心配なさらずにおすごしください」

そう励ましてくれる仙桂尼に、阿久利は笑みを浮かべた。

御家再興が叶えば、家臣たちが救われる。皆の命を案じる阿久利は、内匠頭の位牌に向かい、手を合わせた。

吉良家の罰

元禄十四年八月十九日。

吉良上野介は、訪ねてきた目付《めつけ》役から屋敷替えを伝えられた。

大名火消しだった内匠頭との因縁を深めることになったとも言える火事で焼け落ちた母屋《おもや》を再建し、吉良家の財力を世に見せつけた呉服《ごふく》橋御門内の屋敷を、召し上げられたのだ。

新たに賜る屋敷は、大川を渡った本所《ほんじょ》の松坂町《まつざかちょう》。大名や旗本の屋敷があるにはあるが、城から遠く離れているため、上野介にとっては屈辱以外の何物でもない。

当然納得がゆかぬ上野介は、唇を嚙みしめ、格下の目付役を睨んだ。

「高家筆頭まで務めたこの上野介に、掃きだめのような地へ移り住めとは、あまりの仕打ち。わけを申せ」

目付役は臆すことなく言う。

「浅野内匠頭殿が切腹された日から、近隣の大名家では、赤穂浪人どもがこちらに討ち入ることを懸念され、昼夜問わず警戒を続けておられます。そのことは、そなた様も存じておられましょう」

「それがどうしたと言うのだ」

「このたび、その御家の方々から、昼夜屋敷の警戒を強いられたせいで、家中の者たちが疲弊しているとの訴えが上がり、吉良家の屋敷替えを願われたのです」

上野介は驚き、肩を落とした。

隣の蜂須賀《はちすか》家は、内匠頭が切腹し、赤穂浅野家の断絶が決まった日から松明《たいまつ》の火が絶えたことがない。

何も言い返せなくなった吉良は、険しい顔をうつむけた。

「速やかに屋敷を開け渡されますよう、しかと沙汰をいたしました」

そう告げた使者が帰った後、吉良は怒りに顔をしかめて、扇を投げた。そして、黙って座っている家老の、小林平八郎《こばやしへいはちろう》を睨んだ。

「わしが何をしたというのだ。わしは納得がゆかぬ。柳沢様に会う。すぐに手配いたせ」

「はは」

小林が下がると、上野介は気持ちを落ち着かせ、策を練った。

だが、柳沢は上野介の思いに反し、多忙を理由に会おうとしなかった。

上野介はそれでもあきらめず、翌日も、その翌日も使いを出し、柳沢に拝謁を求め続けた。

屋敷替えの沙汰を覆すのは難しいと思いつつも、上野介のために連日動いていた小林であるが、柳沢から許しを得ることはできなかった。

そして五日後、苦悩する小林を訪ねる者がいた。上杉家家老の、色部《いろべ》又四郎《またしろう》だ。上野介と上杉家当主綱憲《つなのり》は親子。その上、吉良家の養嗣子左兵衛《さひょうえ》は、綱憲の次男であり上野介の孫だ。

それゆえ小林は、当然上杉家が助けてくれるものと期待したが、色部の訪問の目的は違っていた。

開口一番に、あきらめよと言われ、小林は笑みを消して眉間に皺を寄せた。

「力になってくださらぬのか」

すると色部は、冷ややかな面持ちで言う。

「かの事件以来、上野介殿に辛酸をなめさせられた者の訴えが絶えぬと聞く。また市中の評判もすこぶる悪く、それらのことは上様に届いているのだ」

小林は意外そうな顔をした。

「それは、まことでございますか」

「嘘《うそ》を言うてどうなる」

「それで、止めに来られましたか」

色部はうなずかず、小林を見据える。

「上野介様は屋敷替えを不服とし、柳沢様に訴えようとしておられるようだが、あまりしつこくされるとお怒りを買う。その怒りが、上野介様の実子であらせられる我が殿に向けられれば、上杉家に対する風当たりが強くなる。このことしかと心得、大人しゅうしていただきたいと、お伝えくだされ」

元は色部と同じ上杉の家臣だった小林は、不服を面に出した。

「綱憲様のお言葉とは思えぬ。そなた様の考えであろう」

色部は答えぬ。

小林は疑念を増した。

「綱憲様にお会いして確かめたい」

「ならぬ」

「この耳で確かめるまで、殿にお伝えすることはできませぬぞ」

語尾を荒らげる小林。

だが色部は、顔色一つ変えず冷静に向き合っている。

「内匠頭の奥方が、御家再興を願うていることは知っているか」

小林は驚いた。

「初めて聞きます」

色部は渋い顔をした。

「それがしも殿から聞いた時は驚いた。上野介様を公の場で斬り付け、大罪を犯したにもかかわらず御家再興を望むとは、厚かましいにも程があると呆れたが……」

「まったくです」

小林は言葉を切って賛同した。

「面の皮が厚い女ですな。どうせ強欲で、醜い性根をしておるのでしょうが、叶わぬ夢です」

片笑む小林に、色部が厳しい顔で言う。

「それが、おぬしが言うような女ではないのだ」

「どう違うのです」

「内匠頭の奥方が御家再興を望むのは、内匠頭の仇を討たんとする赤穂浪士どもを抑えるためだという噂があるそうだ」

「まさか……」

驚く小林に、色部は続ける。

「殿が城で耳にされた噂ゆえ、まんざら嘘ではあるまい」

「では、此度の屋敷替えは、片手落ちを正すため吉良家に与えられた罰だと」

色部は首を横に振った。

「そこまでは言わぬ。だが、赤穂藩の元国家老大石内蔵助が、片手落ちを正すよう訴えたのは確かだ。上様がそれを受け入れられれば、屋敷替えだけではすまぬはず。此度の沙汰はおそらく、御家再興を望む内匠頭の奥方に配慮してのことではないか、殿はそうお考えだ」

「罪人の妻に配慮するなど、あってはならぬこと」

「その罪人の妻が、桂昌院様に助力を願うていたのは確かなこと。赤穂浪人どもの怒りを鎮めるために、桂昌院様が上様に口添えされてのことなら、この沙汰は考えられるとは思わぬか」

小林は首を縦に振らぬ。

「しかし、曲輪内から出されたのでは、仇討ちをせんとする者にとっては好都合。家中の中には、見捨てられたと思う者がおります」

「とにかく、柳沢様の怒りを買いかねぬことは控えなされ」

「上杉家も、我らを見捨てられるか」

小林の皮肉に、色部は眼光を鋭くした。

「言葉に気をつけられよ。我が上杉家は上野介様をお守りせんと、大石内蔵助をはじめとする主だった者に目を光らせているのだ」

小林は下を向いた。

「それはありがたきことと思うております。されど、本所への屋敷替えには、納得できませぬ」

「案じられるな。大石内蔵助に怪しい動きはなく、赤穂浪人どもはまとまりに欠けている。それでも上野介様が、本所では心許ないとおっしゃるなら、上杉から遣い手を警固に送る用意があると、お伝えするのだ」

小林は、ため息をついた。

「承知しました」

「内匠頭の奥方が願うとおり御家再興となれば、上野介様が襲われることはなくなる。さようお伝えし、そなたが説得しろ。よいな」

語気強く言われた小林は、渋々従った。


「おのれ色部め！」

吉良上野介は怒りにまかせて声を荒らげたものの、実子である綱憲に迷惑がかかると思えば動けぬ。

落胆の息を吐き、額に手を当てた。

「傷が痛む。わしは寝る」

まだ夜は更けていないが、暗い顔をする小林を見るに堪えず、寝所に向かった。

妻の富子《とみこ》は、綱憲の迎えに応じて、昨日から上杉家の下屋敷に移っている。

上杉家は富子にとって実家。ゆえに遠慮はなく、今頃は気楽にしているはずだ。

上野介も、綱憲から来るよう言われているが、柳沢に会うまでは動かぬと突っぱねていた。

奥御殿に仕える侍女も下がらせた上野介は、一人寝所に入り、障子を閉めてその場に両膝をついた。

高家筆頭として栄華を極めた己が、曲輪から追い出される。これまで、公儀にとって役に立たぬ者が暮らす場と下に見ていた本所に、まさか己が行くことになろうとは。

「わしは、足利《あしかが》の末裔《まつえい》ぞ。浅野のような田舎者のために……」

まるで怨念がまとわりつくがごとく傷がうずき、顔をしかめた。

「ええい、忌々《いまいま》しい」

憎悪に満ちた顔で蠟燭の火を睨んだ。いつぞや見た阿久利の顔を思い出し、

「御家再興など、させてなるものか」

毒づき、阻止するにはどうしたらよいか、考えをめぐらせた。そして、あることを思いつき、ほくそ笑む。

「わしを襲えば、浅野の夢は絶たれるというもの。目障りな浪人どもを、返り討ちにしてくれる。誰かある！」

上野介の声に応じた侍女が、部屋の前に来た。

「小林をこれへ」

「承知しました」

応じた侍女が下がって程なく、小林が来た。

近くに呼んだ上野介は、耳打ちする。

策を聞いて目を見張る小林。

上野介は、扇で小林の右肩を打ち、

「黙って動け。色部に、人をよこすよう伝えよ。よいな」

厳しく言いつけた。

吉良の罠

吉良上野介が本所に移り、ひと月がすぎた。

この頃から江戸市中に、

「公儀は赤穂浪人に仇討ちをさせるために、吉良上野介を本所に移したという話だ」

そう吹聴《ふいちょう》する輩が出はじめた。

赤穂浪士の仇討ちを望む町の者は好んで耳をかたむけ、知り合いから知り合いに伝え、水面《みなも》に波紋が広がるように江戸中に広まった。密かに江戸に戻り、長江《ながえ》長左衛門《ちょうざえもん》を名乗って市中で暮らしながら、仇討ちのよい折りを待ち続けていた堀部安兵衛の耳にも届いた。

「まさに、噂のとおりだ！　公儀は、我らに吉良を討たせようとしているに違いない！」

安兵衛は江戸の同志の前でそう声を高め、大石内蔵助に、今こそ吉良上野介を討つべしと訴える密書を送った。

数日後に受け取った大石内蔵助は、眉間に皺を寄せて考え、親類で頼りにしている進藤源《しんどうげん》四郎《しろう》を家に呼んだ。

安兵衛の密書を読んだ進藤は驚き、焦りの色を浮かべた。

「江戸の者が勝手なことをすれば、御家再興の道が閉ざされるどころか、大学様までもが罰せられてしまいます」

「そう思い、そちを呼んだのだ。堀部安兵衛らを抑えるために、原惣右衛門、潮田又之丞《うしおだまたのじょう》、中村勘助《なかむらかんすけ》の三名を江戸にやろうと思うがどうじゃ」

「それが得策と存じます」

「では、これを預ける」

大石は、路銀を渡した。

受け取り、懐に入れた進藤は、ただちに命を伝えるために走った。

進藤から話を聞いた原惣右衛門たち三人は、すぐさま江戸に向けて旅立った。

だが後日、大石に届いた原の手紙には、安兵衛の言うとおり、手薄な吉良の屋敷に討ち入るのは今しかございませぬ。御家老は同志を引き連れ、ただちに江戸へお越しいただきたい。と書かれていた。

大石が人選した三人は、堀部安兵衛たち急進派を抑えるどころか、逆に説得され、取り込まれてしまったのだ。

このことは、阿久利の耳にも入った。磯貝十郎左衛門を捜していた落合が、安兵衛から直に聞き、原惣右衛門とも会い真意を確かめてのこと。

驚いた阿久利は、憂えると同時に、亡き良人の人となりを思い出し、落合に言う。

「殿は、弱っている相手を襲うことをよしとされようか」

落合は、渋い顔をした。

「真っ直《ますぐ》ぐなお方でございましたから、望まれぬかと……」

「安兵衛殿も、原殿も、殿のご気性はようご存じのはず。にもかかわらず討ち入ろうとするのは、吉良殿が曲輪から出されたことをよい折りととらえ、逃すまいと急《せ》いているに違いありませぬ」

落合は心配そうな顔をした。

「実は、それのみではないかと。今市中では、吉良の屋敷替えは赤穂に対する公儀の温情だという噂が広がり、仇討ちへの期待が高まっております」

阿久利は目をつむった。

「愚かな……」

安兵衛たちが早まれば、御家再興への道は閉ざされる。

「急ぎ、大石殿に文を書きます」

吉良が屋敷替えとなったことで、大学への恩赦があるものと期待していた阿久利は、己が甘かったと痛感し、大石を頼ることにした。

大学の赦免と御家再興の工作を託す阿久利の気持ちに応じた大石は、ただちに山科を発ち、十一月二日に江戸へ到着した。

落合から、大石の来訪を告げられた阿久利は、すぐに通すよう言い、久しぶりの再会を喜んだ。

現れた大石は、老け込んだ様子もなく、長旅の疲れも見せず穏やかな表情をしている。

あいさつを受けた阿久利は、労いの言葉をかけた。

「長旅をさせました。御家再興に向けて動いておりましたが、もはや、わたくしの力ではどうにもなりませぬ。何かよい手はありませぬか」

大石は微笑み、

「ございます」

そう言うと、まずは、赤穂城受け取りの上使だった大目付、荒木《あらき》十左衛門《じゅうざえもん》に嘆願すると教えた。

聞けば、荒木は内匠頭に対する同情の色が濃く、赤穂城に滞在していた折りには、吉良上野介の悪評を教えてくれたという。

さらに、大石は述べた。

「吉良家が、罰とも取れる屋敷替えの沙汰を受けたことで、冷光院《れいこういん》（内匠頭）様とのことは落着したものと思われます。されど上野介は生きており、御家も存続しているのですから、大学様に恩赦があってしかるべきこと。さよう荒木様に申し上げ、御家再興にご尽力を賜る所存」

阿久利はうなずいた。

「力強きお言葉、大いに期待します」

「はは」

「堀部安兵衛殿のことも頼みます」

「そのつもりでまいりました。これより訪ね、早まったことをせぬよう申しつけます」

阿久利はうなずいた。

「もう一人、気になる者がおります」

「誰ですか」

「磯貝殿です。住まいを存じていますか」

阿久利の問いに、大石は不思議そうな顔をした。

「存じませぬが、磯貝が、何か……」

阿久利は、いつぞや見た磯貝の様子を伝え、今も捜しているが見つからぬことを打ち明けた。

「別人のような眼差しが、気になって仕方ないのです。生きていてくれるとよいのですが」

「他の者は、なんと申しておりますか」

「与左殿が安兵衛殿と時々会うておりますが、誰も行方を知らぬようなのです」

大石は、渋い顔をする。

「実のところを申しますと、磯貝はそれがしを弱腰と見なし、また安兵衛とも仲違《なかたが》いをいたし、連絡を絶っておりまする。京に聞こえた噂によりますと、商人になり、江戸のいずこかで商売をしているとのこと。仇討ちにも、御家再興にも関心が失せたのだと、ののしる者がおりまする」

「では、追い腹を切ることもありませぬか」

「ないと思われてよろしいかと」

良人から目をかけられた磯貝だけに、命を捨てるものと案じていた阿久利は、今の言葉で、胸のつかえが取れた気がした。

ほっと息を吐き、大石に両手をつく。

「どうか、よしなに頼みます」

「はは」

大石も両手をつき、平伏した。


大石が大目付に嘆願したことは、時を空けず将軍綱吉の知るところとなった。

中奥御殿の休息の間に出仕した柳沢から報告を受けた綱吉は、儒学の書を置き、視線を宙に浮かせて黙り込んだ。

程なく、答えを待つ柳沢に目を向ける。

「浅野の御家再興を許したほうがよいか」

「なりませぬ」

即答した柳沢は、わけを問う綱吉に、冷静沈着の真顔で説く。

「将軍が一度決めたことを覆してはなりませぬ。吉良家を曲輪内から出したことは、気高い上野介殿にとって大きな恥辱。十分な罰だと存じまする。浅野の再興をお許しになれば、次は上野介殿が黙っておりませぬ」

二度諫《いさ》められた綱吉であるが、

「迷いを絶つことができぬゆえ、今しばらく考える」

そう告げて柳沢を下がらせ、儒学の書を手にした。

廊下に出た柳沢は一度振り向いた。

綱吉は、書物を手にしたまま苦悩の表情を浮かべて、畳を見つめている。

頭を下げて去る柳沢の面持ちが、次第に険しくなっていく。


何も知らぬ阿久利は、大石を待っていた。

面会して五日が経っても、なんら音沙汰がない。

昼すぎになり、園の方に誘われて下屋敷の庭に出た阿久利は、黄に色づいた銀杏《いちょう》の大木を目にとめつつ、手入れが届いた小道を歩んでいた。

向かった先は、庭の森の奥にある茶室。

園の方に促されて中に入った阿久利は、平伏して待つ大石内蔵助に目を見張り、外へ振り向いた。

園の方が目を伏せて言う。

「こちらのほうが、気兼ねなく話せるでしょう」

気遣いではなく、迷惑なのだ。

市中に仇討ちの噂が広がり、公儀も神経を尖《とが》らせている中で、赤穂の元国家老が訪ねることは三次藩にとってよろしくない。

「おそれいりまする」

阿久利は、それでも大石を入れてくれた養父に感謝し、園の方に頭を下げた。

茶室内では、茶釜から湯気が上がっている。

阿久利はまず、大石に茶をたてた。

そのあいだ大石は一言も発さず、目を伏せ気味に正座している。

抹茶の粉を茶碗《ちゃわん》に落とし、湯を入れて茶筅《ちゃせん》を使う阿久利は、不安と期待で高まる気持ちを落ち着かせ、ゆっくりと手を止め、茶筅を置いた。

膝を転じぬまま右手の茶碗を横に差し出す。

引き取る大石の、神妙な顔を見た阿久利は、不首尾を悟り、前を向いて茶釜に視線を落とした。

静粛の中、大石が茶碗に残る一滴《ひとしずく》をすすり、衣擦れの音と、茶碗を置く気配がする。

黙って空《から》の茶碗を引き取ろうとした阿久利に、大石は平伏した。

「先日申し上げたとおり荒木殿と面会し、さらには、榊原采女《さかきばらうねめ》殿にも会い嘆願いたしました。両名とも快諾してくださいましたが、正直、どうなるかわかりませぬ」

不首尾でないことに、阿久利は胸をなで下ろして、大石に面を上げさせて向き合った。

「きっと、我らの想いは届くはずです。期待して待ちます」

大石は、穏やかな顔でうなずいた。

阿久利は言う。

「ここでことを起こされては、そなた様の苦労が泡と消えてしまいます。安兵衛殿が仇討ちに走らぬよう、くれぐれも頼みます」

「承知いたしました」

「しばらく江戸におられるのですか」

「はい。江戸に暮らす者を訪ねて、仇討ちを口にせぬよう申しつけます」

「暮らしに困っているようでしたら、わたくしが預けた化粧料を使ってください」

「はは、ではそれがしは、これにて失礼いたします。黙って江戸を発ちますことを、お許しください」

「よいのです。上方への道中、くれぐれも気をつけて」

大石は平伏し、茶室から出た。

外に出た阿久利は、落合に見送りをさせ、お静と部屋に戻った。


庭を歩く大石は足を止め、別の道を部屋に戻る阿久利を見送った。

その横顔を見ていた落合が、声をかけてきた。

「大石殿、まことに、堀部安兵衛たちを止められますか。それがしには、この機を逃すまいとする気持ちがひしひしと伝わっておるが、どうなのです」

大石は阿久利に頭を下げ、落合に向いた。

「この機とは、公儀が吉良を本所に追いやったのは、我らに討たせるためという噂のことですか」

「さよう」

「その噂の出所は、おそらく吉良」

落合は驚いた。

「なんと……。貴殿は、そう睨んでおられますのか」

「いかにも」

「しかし、何ゆえそのようなことをする。噂は吉良にとってよろしくないはずでござろう」

「吉良が曲輪から出されたのは、隣家の蜂須賀家から苦情が出たからだと聞きましたが、赤穂の仇討ちを警戒しての顚末《てんまつ》ならば、吉良は、我らを邪魔に思うているはず」

「まさか、噂を流して煽り、討ち入りを誘うているとお考えか」

大石は真顔でうなずいた。

「それがしは若い者に命じて上杉の屋敷を見張らせておりますが、その者たちが、上杉の家来どもが密かに吉良の屋敷へ入るのを見届けております。恐らく中では、我らを迎え撃つ者どもが手ぐすねを引いておりましょう」

「それがまことなら……」

言葉を止める落合に、大石は微笑んだ。

「危ないところであったとお思いでしょうが、堀部らは見抜いております。奥方様には物騒なことは申し上げておりませぬゆえ、胸にとめ置いてくだされ」

「承知いたした」

歩みを進める落合に続いて裏門へ向かった大石は、門内で別れ、潜《くぐ》り戸から出た。

屋敷の長屋塀を左に見つつ今井台の道を歩み、麻布谷町へ向かう坂をくだっていた時、坂下にある辻番《つじばん》の前にいた二人の侍が、こちらに向かって上りはじめた。

外にいた番人が、大石を一瞥《いちべつ》して中に入る。

油断なく見ていた大石は、いやな予感がした。ふと気付けば、坂の上から二人組の侍がくだっている。

四人とも編笠《あみがさ》を着け、紋付きの羽織と袴の身なりは浪人者ではない。

吉良か上杉、はたまた公儀の者か。いずれにせよ、大石は殺気を感じ、目つきを鋭くした。

坂の中ほどで立ち止まり、大名屋敷の漆喰壁《しっくい》を背にして立った。

同じ歩調で、坂の上と下から近づいた四人が大石の前に立ち、刀の鯉口《こいぐち》を切る。

「吉良か、それとも上杉のご家中か」

大石が厳しく問うが、四人は無言で抜刀した。

「むん！」

気合をかけて向かってきた一人目の一撃を、大石は抜刀術をもって弾《はじ》き上げ、切っ先を喉に向けてぴたりと止める。

怯《ひる》んで下がるその者に代わって右手側の者が斬りかかる。

大石は身を転じて袈裟《けさ》斬りをかわしざま刀を振るい、相手の左腕を斬ったが浅手。

その時に生じた隙《すき》を突いてきた三人目の刀を受け止め、鍔迫《つばぜ》り合いとなる。

多勢に無勢だ。

鍔迫り合いをする大石の左に回った四人目が、刀を振り上げた。

斬られる。

大石がそう思った時、刀を打ち下ろそうとしていた四人目の侍の背後で大声があがった。

「人殺しだ！　人斬りが出た！」

刀を止めて振り向いた侍に、叫んだ商人の男が天秤棒を投げた。

刀でたたき落とした侍が、商人に怒鳴る。

「武家のことに口出しするな！　下がれ！」

「人殺しだ。誰か、誰か助けてくれ！」

「黙れ！」

敵が商人に向かうことで命拾いした大石は、鍔迫り合いをする相手を押し放しざまに刀を振るって籠手《こて》を傷つけた。

血が出る右手を見た侍が顔をしかめ、さらに下がって間合いを大きく取る。そして、

「引け！」

大石を睨んだまま叫び、四人の刺客は坂を駆けくだった。

刀を鞘《さや》に納め、礼を言うべく顔を向けると、商人は背を向けて天秤棒を拾った。

大石は、商人が立ち上がるのを待った。

すると商人は、

「そのままお聞きください」

と言ってきた。

聞き覚えのある声に、はっとした。

「磯貝か」

「はい。江戸市中に広がる仇討ちの噂のせいで、吉良と上杉の者が奥方様を見張っております」

大石はあたりを見回した。

騒ぎを聞いて、坂の上に出ていた大名屋敷の者たちが帰っていく。

大石は、片膝をついて天秤棒に縄を通している磯貝に訊く。

「今の者たちは吉良か、それとも上杉の手の者か」

「おそらく吉良の手の者かと」

大石は、坂の下を見た。

「わしが御家再興を嘆願したことで、仇討ちをする気がないことが広まるであろう。上杉も吉良も、安堵して手を引けばよいが」

横顔を見ていた磯貝は、驚いた顔をする。大石が、不敵とももとれる笑みを浮かべていたからだ。

仇討ちの意志があると解釈した磯貝は天秤棒を担ぎ、大石に近づく。

「これよりは御指示に従います」

大石はうなずいた。

「まずは安兵衛を大人しくさせる。そなたは引き続き、ここを見張れ」

「承知しました」

商人を装って去る磯貝と別れた大石は、吉良を追って本所に住まいを借りた堀部安兵衛に会いに行った。

「まずは、御家再興が第一だ。よいな」

借家の奥の一間で膝を突き合わせた大石の説得を受け、安兵衛は渋い顔をして返事をしない。

「これは、奥方様の望みであるぞ。決して、勝手に動いてはならぬ」

安兵衛は、膝に置いていた手で袴をにぎり締め、大石を真っ直ぐな目で見た。

「大人しくするかわりに、討ち入りの期限を決めてくだされ」

「期限じゃと」

「それがしのあるじは内匠頭様ただ一人。大学様にご奉公する気はございませぬゆえ、御家再興など、どうでもよいのです。吉良を討たねば、武士の一分がすたりまする」

「どうでも、吉良を討つか」

「討つ！」

激しい気性は、無条件で抑えることができぬ。

そう判断した大石は、安兵衛の目を見た。

「あいわかった。殿の御命日までには決める」

「約束ですぞ」

「二言はない」

これでようやく、安兵衛は納得して応じた。

揺れるこころ

元禄十四年の暮れも押し迫った頃、阿久利や浪士たちにとって、思いもよらぬことが起きた。去る十二月十三日に、吉良上野介が隠居したのだ。

隠居の理由は、江戸庶民の自分に対する評判の悪さに疲れ果ててのこと、とされたが、これは表向きのこと。真相は、上杉家家老、色部又四郎の策だった。

藩主上杉綱憲は、実父である上野介の身を案じると共に、吉良家の養子にしている次男左兵衛義周《よしちか》の将来を心配していた。赤穂の者たちが当主の父を討てば、吉良家は断絶となるからだ。

そこで色部は、上野介を隠居させ、米沢《よねざわ》へ連れて行くことを進言し、綱憲は説得に動いたのだ。

だが、二人のもくろみはうまくいかない。

「わしは、赤穂の者どものせいで田舎などにはゆかぬ。見ておれ、討ち入ってくれば返り討ちにしてくれる」

綱憲にこう言い、応じようとしない。

それでも綱憲は、父の身を案じて説得した。それを知った妻の富子から、病がちな綱憲が、次男左兵衛のことも案じて気苦労を重ねていることを知らされた上野介は、ついに、隠居を決意したのだ。

だが、華やかな暮らしが染み付いているだけに、米沢へ行くのは拒んだ。

しかし、人の口は止められず、赤穂浪士の討ち入りを恐れた綱憲が、上野介を米沢へ連れて行くらしいという尾ひれの付いた噂が市中へ広まり、そのまま阿久利の耳に届いた。

落合から聞かされた阿久利は、落胆した。

上野介が隠居し、養嗣子の左兵衛義周が家督相続を許されたことで、吉良家の断絶はなくなったからだ。

「御公儀は、これをもって落着させようとしているのでしょうか」

この問いに、落合の答えはなかった。

同時に不安が込み上げた阿久利は、向き合っている落合に問う。

「上野介殿のことは、安兵衛殿の耳にも届いていますか」

落合はうなずいた。

「おそらく、我らより早く知っているはずです。吉良家が安泰となりしことよりも、上野介が米沢へ行ってしまうことを案じているのではないかと存じます。米沢城内で暮らすようになれば、手も足も出せなくなりますから」

阿久利は焦った。

「このままでは、安兵衛殿のみならず、内蔵助殿さえも、仇討ちにかたむくかもしれませぬ」

「その恐れは十分にあろうかと」

「内蔵助殿に文を書きます。急ぎ山科に送ってください」

「はは、すぐに手配をいたします」

落合は、一旦下がった。

お静に紙と筆を支度させた阿久利は、その日のうちに文を出した。

案じながら、激動の年が暮れてゆく。

阿久利は、一人で新年を迎えることが信じられず、どうにもならぬ寂しさに襲われた。御家再興が叶うまでは涙を流さぬと決めていても、良人や家臣たちとすごした正月を思い出してしまい、唇を嚙んだ。

目を閉じれば、にぎやかだった鉄砲洲の正月を思い出す。

良人の前で琴を爪弾き、子と思う家臣たちと新年を祝った。

良人の笑顔、家臣たちの笑い声が、頭の中で聞こえた。

目を開ければ、そこにあるのは殺風景な部屋だけ。外では粉雪が舞っている。

一人で部屋にいると、静かすぎるほど、なんの音も聞こえてこない。

この寂しさには耐えられぬ。

ふたたび目を閉じた。

殿のおそばに行きたい。

衝動に駆られ、懐剣に手を伸ばした時、後を頼むと言った良人の顔が浮かび、はっと目を開けて、手を放した。

位牌の両脇で灯る蠟燭の火が長くなり、先が激しく揺れている。

阿久利は両手をついて平伏し、家臣たちを捨てて死のうとしたことを良人に詫びた。

しっかりせねば。

自分に言い聞かせて顔を上げた時、廊下でお静が声をかけてきた。

入るよう応じると、黒漆塗りの膳を持って歩み寄り、阿久利の前に置いた。

「お雑煮でございます。少しだけでも……」

微笑みながら言っていたお静が、阿久利の胸元を見て絶句し、顔を上げた。

懐剣袋の結び目が僅かに乱れているのを見逃さなかったのだ。

「奥方様、何をなされていたのですか」

心配に満ちた顔で言われ、阿久利は微笑んだ。

「案ずるな」

「でも……」

「お腹《なか》が空《す》きました。これは美味《おい》しそうですね」

お椀《わん》を取り、箸を取って一口食べた。

「お餅がやわらかくて、美味しい」

阿久利がそう言ってふたたび微笑むと、お静はようやく笑みを浮かべた。

大石内蔵助から返事が来たのは、それから五日後だった。

読み進める阿久利の正面に正座するお静が、心配そうな顔をしている。

文を膝に置いた阿久利は微笑み、うなずいて見せた。

「急進派の者たちを抑えるゆえ案ずるなと書かれています。内蔵助殿を信じましょう」

お静は安堵した面持ちとなり、お茶を淹《い》れてくると言って出ていった。

亡き良人の位牌に手を合わせ、目をつむる。

「どうか、皆をお守りください」

何も起きぬことを願っていると、入れ替わりに、落合与左衛門が来た。

今日も朝から市中に出ていたはず。早い帰りに期待した阿久利の勘は当たり、落合は座るなり、磯貝十郎左衛門の居場所を突き止めたと教えた。

阿久利は喜び、同時にいぶかしむ。

「与左殿、浮かぬ顔をしていかがしたのです」

「その磯貝殿から聞いたのですが、堀部安兵衛殿は痺《しび》れを切らせ、仇討ちを唱えはじめているそうです」

阿久利は驚いた。

「今内蔵助殿から文を受け取ったばかりです。それには、安兵衛殿をはじめとする急進派を抑えるとありました」

「磯貝殿も、安兵衛殿を説得したそうですが、吉良上野介が上杉家の下屋敷へ入ったまま何日も戻らず、いよいよ米沢へ移るのではないかと焦り、仇討ちに走ろうとしているのです。磯貝殿は、そんな安兵衛殿と仲違いをしております」

「して、安兵衛殿は今、どうしているのです」

「わかりませぬ。家に行きましたが、空き家となっていました」

阿久利は、落合の言葉をにわかには信じられなかった。

「まことに、安兵衛殿の居場所がわからぬのですか」

「はい。されど、大石殿が急進派を抑えると約束くださったなら、信じてもよいかと思います」

阿久利はうなずいた。次に気になったのは、磯貝のこと。

いつぞや見た磯貝の、あの恐ろしげで悲しげな目が忘れられない。

阿久利は不安をぶつけた。

「十左殿が安兵衛殿と離れたのは、実は安兵衛殿が仇討ちを渋ったからではないでしょうか。十左殿はたった一人で、殿のご無念を晴らそうとしているのではないかと思えてなりませぬ。与左殿、今一度十左殿と会い、真意を確かめてくれませぬか」

「ご自分でお訊きになられますか」

落合の薄い笑みに、阿久利は驚いた。

「来ているのですか」

「それがしの長屋で待たせておりまする」

阿久利は立ち上がった。

「すぐに会います」

「では、連れてまいります」

退座した落合を見送り、阿久利は落ち着きなく待った。

茶を淹れて戻ってきたお静に言う。

「お静、十左殿がここに来ます。養父上に知られると面倒なことになりますから、誰も通さぬようにしてください」

「承知しました」

お静は茶を置いて、渡り廊下へ向かった。

磯貝が庭に現れたのは、程なくのことだ。

商人の身なりをして、阿久利が上がれと促しても、恐縮して聞かぬ。

濡れ縁のそばに片膝をつき、頭を下げる磯貝の顔を見たくて、阿久利は廊下へ出た。

「十左殿、面を上げてください」

「はは」

磯貝は、ゆっくり顔を上げ、目を伏せている。

思い詰めた様子に、訊かずにはいられない。

「十左殿、安兵衛殿と離れたそうですが、まさか、一人でことを起こそうとしているのですか」

磯貝は首を横に振り、阿久利の目を見てきた。

「安兵衛殿と離れたのは、思うところがあったからです。今は、このとおり刀も持たず、酒を売って暮らしています」

「商売をはじめたのですか」

「はい。常連客も付きました」

唇に笑みを浮かべる磯貝であったが、阿久利は笑えなかった。

「では、何ゆえそのように、悲しい目をしているのです」

すると磯貝は目を泳がせ、下を向いた。

「何かあったのですね」

「いえ……」

「十左殿、顔を見せに来てくれたのは嬉しゅうございます。でも、嘘はつかないでほしい。胸にとめていることを、教えてください」

磯貝はしばらく黙っていたが、意を決した顔を上げた。

「去る一月十四日、殿の月命日に、萱野三平《かやのさんぺい》殿が自害して果てました」

内匠頭の中小姓として仕えていた萱野とは、阿久利も面識がある。忠義に厚く、内匠頭が刃傷に及んだあの日は、命を賭して赤穂へ走った者の一人だ。

その萱野が自ら命を絶ったと聞き、阿久利は目を見張った。

「殿の後を追われたのですか」

「はい」

「それは殿が望まれぬこと。萱野殿も存じていたはずなのに……」

阿久利は言葉に詰まった。

磯貝は黙っている。

落合が磯貝を見て、代わって阿久利に告げた。

「萱野殿は父親から他家に仕えるよう命じられ、進退窮まったと思われます」

萱野ほど忠義に厚い者ならば、仇討ちもならず、御家再興もならぬ時に他家へ仕えるよう命じられ、苦しんだに違いない。

そう思う阿久利は胸を締め付けられ、歪む顔を両手で隠した。

磯貝はその場で両手をつき、苦悶《くもん》に満ちた顔で平伏した。

「萱野殿の無念を、決して忘れませせぬ」

阿久利ははっとした。

「十左殿、何をするつもりです」

すると磯貝は、真っ直ぐな目を向けてきた。

「何もしませせぬ。今はただ、御家再興を待ちまする」

「ほんとうに、命を粗末にしないと約束してくれますか」

「誓って、奥方様の邪魔になることはしませせぬ」

磯貝は強い意志を顔に表して言い、頭を下げた。

疑念

公儀から御家再興の沙汰がないまま、時だけがすぎてゆく。

寒さもゆるみ、庭の梅は散りはじめている。

何もできぬ阿久利は、内匠頭の菩提を弔いながら、来る日も来る日も、家臣たちのことを案じて暮らしていた。

春の風が強いこの日、吉良上野介の屋敷を探りに出ていた落合与左衛門が戻ってきた。

位牌に向かって読経していた阿久利は、終えて神妙に一礼し、落合がいる下座に向く。

膝行《しっこう》して近づく落合は、浮かぬ顔をしている。もう何日も、堀部安兵衛をはじめ江戸の急進派を捜しているが、今日も不首尾に終わった証。

「吉良屋敷の周囲に、赤穂の者らしき姿はありませぬ。ただ磯貝殿のように、商人に姿を変えておれば、見逃したかもしれませぬが」

磯貝のみは把握しているが、他の者がどこで暮らしているのか、まったくつかめていなかった。大石に幾度も文を送り在所を教えるよう頼んでも、返事は大学のことや上方の様子などを書くのみで、はぐらかされていた。

討ち入りの噂がある限り、江戸に暮らす赤穂浪士たちと関わりを持てば阿久利の首謀が疑われるからだと、落合は言う。

三次藩に迷惑が及ばぬための、大石の配慮だということも、阿久利にはわかっている。わかってはいるが、公儀からなんの沙汰もないため、案じずにはいられないのだ。

「遅くまで、ご苦労でした」

外はすでに日が暮れている。

風が強い中、町を歩き回っていたせいで疲れが浮いた顔をしている落合が、報告を続ける。

「吉良の屋敷では、連日普請の音がしています。隠居をしたことで、市中に仇討ちを望む声は少なくなりましたが、油断をしておらぬ様子です」

阿久利はうなずいた。

「米沢行きを拒んだようだと仙桂尼殿が教えてくれましたが、どうやら、事実のようですね」

「はい」

「されど、殿の一周忌まで日がありませぬ。内蔵助殿は、仇討ちを望む者たちにどのような道を示されるでしょうか」

阿久利の言葉で、落合は腑《ふ》に落ちたような顔をした。

「ひょっとすると、吉良屋敷の周りに浪士の姿が見えぬのは、江戸におらぬからかもしれませぬ。大石殿に決断を迫るため、上方に行っているのではないでしょうか」

この落合の読みは、当たっていた。

数日後の三月一日に、大石から文が届いたのだ。

それによると、去る二月十五日に、山科で会議がおこなわれていた。

吉良の隠居を受けてのことであり、原惣右衛門と堀部安兵衛たちは討ち入りを主張したが、上方の者たちが反対し、しばらく様子を見ることに決したと、知らせてきたのだ。

文を読んだ阿久利は、ひとまず安堵した。

だが、原惣右衛門や安兵衛たちが討ち入りを願ったことを思うと、やはり不安は拭えぬ。

吉良上野介が本所の屋敷に移ってから今日まで、討ち入りの噂に応えるように改築普請を続けている。それが逆に、急進派の者たちの気持ちを逆なでしているのではないか。

そう考えた阿久利の脳裏に、一つの疑念が芽生えた。

阿久利は、文を届けた落合に顔を向けた。

「与左殿」

「はい」

「討ち入りを見送り、御家再興の道を探るという山科の結果は、吉良方を欺くためではないでしょうか」

思いもしないこと、という面持ちをした落合は、腕組みをして黙然と考えた。

答えを待つ阿久利に、落合は顔を向けた。

「大石殿が、奥方様に偽りを申すとは思えませぬ。御家再興に望みを繋いだからこその、文だと存じます」

阿久利は、膝に置いている文を見つめた。

できることならば、安兵衛をはじめとする急進派は、しばらく江戸を離れていてほしいと願い、同時に、御家再興を急がねばという焦りが強くなった。

禄を離れて一年になる。化粧料を渡してはいるが、いつまでもある物でもない。浪士たちの暮らしが困窮すれば、自暴自棄になり、吉良への憎しみが増すのではないか。

「与左殿、浪士たちは、食べられていましょうか」

「商売をしている者は別として、ほとんどの者が、早くから暮らしに困っております」

「早くから……」

化粧料では足りなかったということか。

そんなはずはないと思う阿久利は、化粧料で武具を揃えているのではないか、そんな疑念が浮かび、落合を見た。

「与左殿、わたくしは胸騒ぎがするのです。大学殿の赦免を得るには、どうしたらよいですか」

焦りを隠さぬ阿久利に、落合は深刻な顔で考えをめぐらせている。

そして程なく、答えを出した。

「ここはやはり、桂昌院様におすがりするしか手がないかと」

「桂昌院様に……」

難しいことだと阿久利は思う。

「しつこいと、ご機嫌をそこねまいか」

「吉良家が代替わりした今を逃す手はございませぬ。あちらが代替わりしたのですから、まだ沙汰がくだされていない大学様にも望みがあろうかと」

落合の言うとおりだ。

「では、文を書きます」

「仙桂尼殿と相談して書かれてはいかがですか」

ここは慎重に、という落合に従い、仙桂尼を待つことにした。

翌朝、訪ねてくれた仙桂尼に、阿久利は嘆願の相談をした。

「吉良家の家督相続を許されたのですから、大学殿の赦免を願おうと思います」

阿久利の言葉に仙桂尼は驚いたようだが、神妙な顔で言う。

「桂昌院様にですか」

「今申した内容の文を書きます」

「では、御家再興を許されれば、片手落ちの処罰を罵《のの し》る巷《ちまた》の声も収まり、内匠頭様の遺臣は遺恨を断ち、大学様の下で将軍家にご奉公することを誓う趣旨を、しかとお書きください」

「なるほど、ただ願うのみでは許されぬはず。そなた様を頼ってよかった」

仙桂尼は笑みを浮かべて謙遜した。

阿久利は文をしたため、仙桂尼に託した。

「よしなに頼みます」

「明後日には、必ず桂昌院様にお渡しします」

辞そうとする仙桂尼を、阿久利は茶に誘った。公儀のことは落合よりも詳しい仙桂尼に、吉良上野介の隠居以来、赤穂に対する公儀の動きがどうなっているのか訊きたかったのだ。

「この下屋敷を探る者はいなくなったと与左殿が言われますが、何か知っていたら教えてください」

自ら茶をたてながら、阿久利はそう訊いた。

仙桂尼は、穏やかな顔で答える。

「御公儀の中では、赤穂浅野家に対する同情の色が濃いようです。上様も、上野介殿の悪評を耳にされ、ご心中穏やかでないと聞きました」

阿久利は茶筅を止め、仙桂尼を見た。

「それはまことですか」

「はい」

「では、内匠頭が正しかったと、お思いなのですか」

「はっきりそうとは申せませぬが、少なくとも御公儀では、そういう雰囲気があるそうです。上野介殿の隠居には、悪評を消したいと願う上杉家の思惑もあるのではないかという声もあるそうです。このことは、桂昌院様お付きの者がそっと教えてくださいましたから、信用できるかと」

阿久利はうなずき、茶碗を差し出した。

「ちょうだいします」

仙桂尼は茶を飲み、唇に笑みを浮かべる。

「奥方様のお茶は、変わらず美味しゅうございます」

「お菊殿に、厳しく教えられましたから」

まだ一年足らずだが、お菊と鉄砲洲の屋敷で別れたのが、遠い昔のように感じられる。

今頃お菊は、どこで何をして生きているのか。

別れる時のお菊の悲しげな顔が目に浮かび、急に寂しくなった。

「思い出させてしまいました」

察して詫びる仙桂尼に、阿久利は微笑んで首を振る。

「あれからどうしているかと、案じただけです」

「便りは何もないのですか」

「お菊のことですから、わたくしに遠慮をしているのでしょう。達者で暮らしていると信じています」

厳しいお菊を苦手としていただけあり、仙桂尼はそれ以後は触れなかった。

仙桂尼にとって鉄砲洲の屋敷には、暗い思い出がある。

阿久利は話題を変え、寺の花のことや、仙桂尼の日々の暮らしなどを訊《たず》ねた。

そうすることで、気持ちに幾分か余裕ができていると思ったのか、仙桂尼は明るい顔で阿久利を見て、一刻《いっとき》（約二時間）ほど語り合って帰った。

明後日、阿久利の嘆願書を胸に抱いた仙桂尼は、護持院へ赴いた。

まずは隆光大僧正にあいさつをすませ、桂昌院を待たせてもらうために宿坊の一室に入った。

到着されたら声をかけてくれるはずだが、いつもの刻限になっても誰も来ない。

時間に厳しい桂昌院には珍しいことと思う仙桂尼に、一抹の不安がよぎった。

阿久利の嘆願書を携えていることが、桂昌院の知るところとなったのではないか。

以前、阿久利が待っていた時に桂昌院が現れなかったことを思う仙桂尼は、隆光大僧正に訊ねるべく立ち上がった。

寺の者が来たのは、その時だった。

「もうすぐご到着なさいます」

安堵して応じた仙桂尼は、迎えに出た。

本堂の前に行くと、行列の先頭が山門から入ってきた。

桂昌院が乗る駕籠を見ていると、ふいに横から、声をかけられた。

顔を向けた仙桂尼は、厳しい目を向けている柳沢吉保に驚き、頭を下げた。

「ちと話がある。付いてまいれ」

いつ来ていたのだろうと思いつつ、仙桂尼は従った。

柳沢は一人で宿坊に案内し、部屋に入るよう促す。

応じて入る仙桂尼の背後で、柳沢は障子を閉めた。

下座に正座して両手をつく仙桂尼の前に座し、面を上げよと言う。

目を合わせぬ仙桂尼に、柳沢は厳しい面持ちで対する。

「仙桂尼殿、一昨日瑤泉院殿に呼ばれたのは、何用だ」

仙桂尼は驚いた。

「どうして、そのことを」

「瑤泉院殿は、油断すれば桂昌院様に近づく。それゆえ、そなたにも目を光らせておるのだ。

胸に納めているその書状は何か」

仙桂尼は、大切な嘆願書に手を当てた。

「見せよ」

「お許しください」

「ならぬ。よこせ」

「何とぞ、桂昌院様にお取り次ぎを」

「中を見て判断する」

手を差し伸べられては、抗えぬ。

仙桂尼は嘆願書を差し出した。

目を通す柳沢の顔が、次第に険しくなってゆく。そして、仙桂尼を睨んだ。

「そなた、内容を知っていたのか」

「わたくしも共に考えました」

「たわけたことを……。これは桂昌院様を大いに困らせることだ。瑤泉院殿に知恵を授けて橋渡しを演じるなら、そなたを二度と、桂昌院様に近づけぬ」

不機嫌な柳沢に臆することなく、仙桂尼は平身低頭して願った。

「瑤泉院様は、赤穂浅野家の再興のみを願われておられます。どうか、吉良様と同じく、大学様にもご温情を」

柳沢は仙桂尼に厳しい目を向け、一つ息を吐いた。

「面を上げよ」

「何とぞ」

「聞け」

厳しく言われた仙桂尼は、顔を上げて居住まいを正した。

「何もわかっておらぬようだから教えよう。ここで浅野を許せば、第二第三の内匠頭が出る。吉良上野介殿は殿中で刀を抜かなかったのだ。ゆえに両成敗にならぬのは当然。このこと、しかと瑤泉院殿に申し伝えよ」

柳沢はそう突っぱねて立ち上がり、仙桂尼に阿久利の嘆願書を投げて出ていった。

震える手で書を引き寄せた仙桂尼は、胸に抱いて落涙した。

訪ねてくれた仙桂尼から話を聞いた阿久利は、肩を落とさず、微笑みかけた。

「他の道を探ります。仙桂尼殿、そのように落ち込まないで、顔をお上げなさい。そなたは、何も悪くないのですから」

「力及ばず、申しわけございませぬ」

「よいのです。さ、顔を上げて」

ようやく顔を上げた仙桂尼の手を取った阿久利は、気に病むなと念押しした。

長居をせぬ仙桂尼を見送り、部屋に戻った阿久利は、どうすればよいか懸命に考えた。

一人で抱え、思い悩む阿久利に、そばに控える落合は哀愁の眼差しを向けていたが、見かねたように口を出した。

「奥方様、御家再興は、もうあきらめるしかないのではございますまいか」

阿久利は驚き、落合を見た。

「何を言うのです。望みが絶たれれば、安兵衛殿はむろん、内蔵助殿も止められぬようになります。それだけは避けなければ、わたくしに家臣たちを託された殿に、顔向けができませぬ」

落合は失言を詫び、頭を下げた。

だが、もはや打つ手がないことは、阿久利とてわからぬわけではない。落合の言うことが正しくとも、認めたくなかったのだ。

良人ならばこういう時、どうされただろうか。

位牌を見つめても、何も答えてはくださらぬ。

阿久利は頭《こうべ》を垂れ、目を閉じた。

「奥方様、それがしが悪うございました。大学様の沙汰が出るまで、御家再興の望みはございます。山科会議の結論をお疑いなれば、大学様の処遇が決まるまで仇討ちをせぬよう、今は浪士たちを説得するのみかと存じます」

落合の言葉に、阿久利は顔を上げた。

「与左殿が申すとおりです。急進派の中心にいる堀部安兵衛殿と、奥田《おくだ》孫太夫《まごだゆう》殿、高田《たかだ》郡兵衛《ぐんべえ》殿に文を書きます」

落合の顔に戸惑いが浮かんだ。一瞬のことだが、阿久利は見逃さぬ。

「いかがしたのです」

「高田郡兵衛殿には、文を書かれずともよろしくなりました」

「大石殿に賛同されたということですか」

落合は頭を下げた。

「萱野殿のことがありましたので、これまで黙っておりました」

阿久利ははっとした。

「まさか、自害を……」

「いえ、そうではないのです。実は郡兵衛殿は、安兵衛殿たちから離れました」

勘のいい阿久利は、郡兵衛が他家に奉公するのだと察した。

「御家再興を待たずに、他家へ仕えるのですか」

「どうか、驚かずに聞いてください」

「責めるつもりはないのです。このようなことになったのですから、他家へ仕える気になるのは仕方のないこと。仇討ちを望んでいた一人ですから、むしろよかった」

落合は下を向き、少しのあいだ黙っていたが、阿久利をじっと見てきた。

「郡兵衛殿が離れたのは自ら望んだことではなく、そうするしかなかったのです」

「どういうことですか」

「郡兵衛殿の伯父に、御公儀の与力をしている者がおります」

「存じています。名は確か、内田《うちだ》三郎《さぶろう》右衛門《えもん》殿」

「さよう。その内田殿が、郡兵衛殿を養子にほしいと、郡兵衛殿の兄に願ったそうです。郡兵衛殿は断りましたが、内田殿は納得されず、理由を話せと迫られた兄は、弟は仇討ちをこころに秘めていると口走ってしまったのです」

阿久利は目を閉じた。

「御公儀の与力である立場の内田殿にしてみれば、身内が大それたことを考えていたことに、さぞ驚かれたでしょう」

「それがしは、そうは思いませぬ。仇討ちの噂がまことしやかに流れている昨今でございますから、内田殿は、郡兵衛殿を死なせぬために、養子縁組を望まれたものかと。応じなければ御公儀に報告すると、迫られたそうですから。それで郡兵衛殿は仕方なく、盟約から脱盟したのです」

阿久利は、疑念を抱いた。

「盟約とは、何の盟約ですか」

「御家再興に向けて、浪士が一丸となるためのものです」

「何を動揺しているのです」

「いえ……」

勘の鋭い阿久利の目は誤魔化せぬ。

「与左殿、わたくしに隠していることがありますね」

問いただすも、落合は目を向けようとせず黙っている。

阿久利は落合の前に行って膝を突き合わせた。

「仇討ちの計画が具体的に進んでいるのですね。郡兵衛殿は、その計画がばれぬようにするために、養子縁組を受けた。違いますか」

図星と見えて、落合は、しまったという表情をして、顔を背けた。

「与左殿、隠さないで」

きつく言う阿久利に、落合は観念して頭を下げた。

「奥方様のお察しのとおりです。郡兵衛殿は、仇討ちの計画がばれぬために、浪士たちから離れたのです。安兵衛殿は、上野介が隠居をする少し前に京へ大石殿を訪ね、仇討ちの説得をするつもりでした。もし大石殿が動かなければ、江戸にいる二十名ほどの同志のみで、吉良を襲う計画を立てていたのです。郡兵衛殿は、そのことを兄に話していたらしく、伯父に伝わってしまった。御公儀に伝えると脅され、やむなく離れたのです」

「仇討ちのことを、どうして教えてくれなかったのです」

責める阿久利に、落合は顔を上げた。

「郡兵衛殿が抜けたことで、安兵衛殿は落胆し、江戸の者たちで討ち入るのを断念したからです。安兵衛殿は、山科の会議で上方の同志を頼ろうとしたようですが、結果は大石殿の文にあったとおりでございますから、胸に秘めるつもりでいました」

「安兵衛殿はまことに、仇討ちをあきらめたのですか」

「本人に会えておりませぬから、心中はわかりかねます」

「十左殿ならば、今どこにいるか知っているのでは」

「前に訊いた時は、引っ越したから知らぬと言うておりました。ただ、上野介を追って本所のどこかに家を借りているのは、確かかと」

「十左殿は今、安兵衛殿の引っ越し先を存じているやもしれませぬ。安兵衛殿に、早まらぬよう文を書きますから、十左殿に託してください」

「はは、承知しました」

阿久利は急ぎ文を書き、落合に差し出した。
押しいただいた落合は、頭を下げて出ていく。
見送った阿久利は手を合わせ、無事に届くよう祈った。

十左の本音

東海道を下って入府する旅人の中で、城の東と北方面に広がる町を目指す者のほとんどが、源助橋《げんすけばし》を渡ってくる。

吉良上野介が屋敷を構える本所方面へ行く赤穂浪士も、例外ではない。

磯貝十郎左衛門は、その源助橋を望める場所に酒屋を開いていた。

上方の旨《うま》い酒を売ることが評判となり、常連客も付いている。今日も酒徳利《さかどっくり》を持って買いに来る客を相手に、磯貝は忙しく働いていた。

下人二人を雇い、店のあるじも板に付いている。

常連の客を表まで見送って出た磯貝は、通りを挟んだ雑貨屋の前から歩いてくる落合与左衛門を見つけて、小さく頭を下げた。

店に入り、手の空いている下人に仕事を申しつけたところで、落合が客を装って入ってきた。

「いらっしゃいませ。いつもありがとうございます」

磯貝は愛想笑いで迎え、利き酒をすすめる体で奥へ誘った。

抜かりなく空の酒徳利を持っている落合だ。他の客たちに、珍しがる様子はない。

下人とてそれは同じで、落合を常連客だと思っている。

酒樽が並ぶ小部屋に入った落合は、小声で言う。

「奥方様から文を預かってきた。これを堀部安兵衛殿に渡したいのだが」

磯貝は文を受け取ったものの、困惑した。

落合が言う。

「おぬしなら、新しい住まいを知っておろうと見込んでの頼みだ」

阿久利の頼みとあらば、絶縁状態でも断れぬ。

「承知しました」

文を懐に入れる磯貝に、落合は一歩近づいて問う。

「安兵衛殿は、まだ上方におるのか」

「すでに戻られています」

「会うたのか」

「いえ、人から聞きました」

「新しい家の在所を、わしにも教えてくれぬか。直に会うてみたい」

「それはなりませぬ」

「何ゆえだ」

「安兵衛殿は仇討ち急進派の筆頭。吉良と上杉が住まいを突き止めているかもしれませぬから、お近づきになるのはおやめください」

阿久利の用人である落合が安兵衛と接触するところを吉良と上杉の者に見られれば、仇討ちを望んでいると思われる。

磯貝が言うまでもなく承知している落合は、しつこくは問わなかった。

「長居は禁物か、明日また来る。これに入れてくれ」

落合はそう言い、酒徳利を渡した。

表には出ず、店の中で見送った磯貝は、阿久利の文を忍ばせている胸元を押さえて息をつく。

今日中に渡せということか。

阿久利の文だけに、仇討ちを止める内容だろうと察する磯貝は、下人に店をまかせて出かけた。

吉良と上杉の目を抜かりなく警戒しつつ大川を渡り、本所へ向かう。安兵衛は、竪川《たてかわ》近くの林町《はやしちょう》五丁目に家を借り、吉良の屋敷を探る日々を送っている。

落合には半分脅しで言ったが、今のところ、吉良と上杉に隠れ家を気付かれている様子はない。

磯貝にそう教えてくれたのは安兵衛本人ではなく、共に内匠頭の御側《おそば》に仕えた片岡源五右衛門だ。

安兵衛や江戸急進派の者とは疎遠になっているが、片岡だけとは連絡を取っていた。

その片岡から教えられていた家の前に立った磯貝は、一度あたりを見回し、表の戸をたたいた。

「ごめんください。酒屋でございます」

すぐには返事がない。どこかで見ているはずと思う磯貝は、顔が見えるように、編笠を取った。

天秤棒に吊《つる》している酒樽を置き、もう一度声をかける。

「ごめんください」

「酒はいらん！」

戸のすぐ内側から、聞き覚えのある野太い声がした。

磯貝は、安兵衛とは呼ばずに言う。

「西国からの、珍しい酒でございます」

阿久利からの文だと暗に知らせたつもりで、返答を待った。

「裏から入れ」

「ありがとう存じます」

耳目を気にして商人の口調を崩さぬ磯貝は、天秤棒を担いで裏に回った。路地に入って行くと、安兵衛が出ていた。

駆け寄る磯貝に厳しい目を向け、中に入った。

開けられたままの勝手口の前で天秤棒を下ろす磯貝に、安兵衛は中に入って戸を閉めろと言う。

言われるまま、酒樽を一つ抱えて入り、戸を閉めた。

板の間で仁王立ちしている安兵衛に、磯貝は頭を下げる。

「おぬし、奥方様と関わっているそうだな」

「一度だけ、お目にかかりました」

「軽はずみなことだ。我らが吉良を討てば、公儀は奥方様の命《めい》だと決めつけるはずだ。ご迷惑がかかるぞ」

「奥方様は、そのようなこと気にされておられませぬ。今日は、これをお届けにまいりました」

差し出す文を見て、安兵衛は驚いた顔をした。

「奥方様からか」

「はい」

安兵衛は受け取り、その場に正座して目を通した。

阿久利は、御家再興を必ず果たしますから、早まったことをせぬように、と願っている。

長文を読んだ安兵衛は、苦悶を浮かべて黙り込んだ。

「ご返答を」

磯貝が促すと、安兵衛は厳しい目を向けた。

「他の同志は忠義に厚い。だがわしは、武士の一分で動いている。公儀の不公平には我慢ならぬから、上野介を討つのだ」

「そう言えば、奥方様に咎めが及ばぬとお考えですね」

安兵衛は笑った。

「これは見なかったことにする」

やおら立ち上がり、土間に下りるので何をするのかと思いきや、湯を沸かしていた竈《かまど》の火で文を燃やしてしまった。

黙って見ている磯貝に、安兵衛は詰め寄る。

「商売はうまくいっているようだな」

「…………」

返す言葉が見つからず目を合わせる磯貝に、安兵衛は鼻先で笑った。

「おぬしのことを、同志たちがどう申しているか知っているのか」

「いえ」

「殿の御厚恩を忘れ、商人風情に成り下がった不忠者だと笑っている」

磯貝は、下ろしていた両手で拳を作って力を込めた。

目をやった安兵衛が、睨んできた。

「悔しいと思う気概が残っているようだな」

「本気ですか」

「何?」

「本気で、吉良上野介を討つのですか」

「討つ。だが今ではない。山科で話し合いがあったことは聞いているか」

「いえ」

「悔しいが、吉良が屋敷の普請を重ねて待ち構えている以上、江戸における者だけでは勝てぬ。普請が終わればさらに守りが堅くなると言ったが、上方の者は皆反対する。上野介が米沢行きを拒んだことで、大学様の処遇が決まってからでも遅くはないと言うてな」

「大学様のことはいつ決まりましょうか」

「それがわからぬから、歯がゆいのだ」

安兵衛は茶碗を取り、磯貝に差し出した。

「酒をくれ」

「はい」

磯貝は酒樽の栓を抜き、なみなみと注《つ》いで返した。

水を飲むがごとく喉に流し込んだ安兵衛が、袖で口を拭って問う。

「おぬしの本心を聞かせろ。皆が言うように、刀を捨てる気ではあるまい」

磯貝は下を向いた。

「奥方様は、我ら家臣を死なせぬため御家再興に奔走されましたが、思うようにことが運ばず苦しんでおられます。それをあざ笑うかのように、大学様にはなんの沙汰もなく、吉良左兵衛の家督相続が許されました」

そこまで言った磯貝は歯を食いしばり、安兵衛の目を見た。

「上野介を討ち、殿のご無念を晴らしとうございます」

本心を知った安兵衛は、樽をかたむけて酒を注ぎ、磯貝に差し出した。

「今日より我らの同志だ。飲め」

受け取った磯貝は、悔し涙を堪えてがぶ飲みし、茶碗を返した。

二人は笑みを交わし、うなずき合う。

「それは、まことですか」

「本人から聞きました。これよりは安兵衛殿と連絡を密にするそうです」

文を届けられたか確かめに行って戻った落合から話を聞いた阿久利は、不安が込み上げた。

「それはつまり、十左殿も仇討ちを望むということですか」

「はっきりそうとは申しませぬが、密に付き合うとなると、そういうことと思うほうがよろしいかと」

「十左殿までもが……」

このまま急進派の人数が多くなれば、大石内蔵助の言うことを聞かずに吉良を襲うかもしれぬ。

切羽詰まった阿久利は、落合に思いをぶつける。

「護持院にくだられる桂昌院様を道ばたでお待ちして、御家再興の嘆願をします」

落合は目を見張った。

「なりませぬ。ご機嫌をそこねますと、罰を受けます」

「せめて文だけでも、この手でお渡ししたいのです」

「いけませぬ」

「与左殿、わたくしの願いを聞いてください。このとおり」

平身低頭する阿久利に、落合は尻を浮かせて驚いた。

「どうか、お手をお上げください」

聞かぬ阿久利に、落合は目をつむる。

家臣を想うけなげさに負け、阿久利の前に両手をつく。

「承知しました。護持院にくだられる日を仙桂尼殿に教えてもらい、お供つかまつります」

阿久利はようやく顔を上げて、覚悟を決めた面持ちでうなずいた。

お静に墨をすらせ、御家再興への想いをつづった。

何度も読みなおし、書きなおし、そして三日後、落合の手引きで密かに下屋敷を出た。

まだ暗いうちに抜けたため、半刻（約一時間）たらずで到着する護持院に行っても、桂昌院がくだるまで長く待つことになる。それでも阿久利は、護持院に行くことを望んだ。

落合とお静の三人だけで町中を歩き、護持院に到着しても中に入ることなく、人気《ひとけ》が少ない堀端で待った。

一刻（約二時間）ほどがすぎた頃、落合がそろそろだと言い、行列が通るはずの通りへ見に行った。

阿久利はお静と、緊張して待ち続けた。

「そなたは、ここからは来てはなりませぬ」

もしもお怒りを買えば、生きて戻れぬかもしれぬ。そう思い、堅く言いつけた。

落合が戻ったのは、程なくのことだ。

「まいりましょう」

阿久利はうなずき、不安そうに見ているお静を残し、表門に向かった。

土塀の先に露払いが現れ、行列が続く。

阿久利は辻灯籠を目隠しにして横に正座し、地べたに両手をついて待った。

徒《かち》たちは一瞥するも、阿久利と気付くことなく通りすぎてゆく。

矢絣の小袖を着た侍女たちが歩んで行き、続いて駕籠が来た時、阿久利は声をかけた。

「浅野内匠頭の妻、瑤泉院にございます。桂昌院様にお願いしたき儀がございます」

「無礼者！」

侍女の一人が声をあげ、供侍二人が駆け付けた。

駕籠は止められている。

阿久利は、睨む侍女と侍たちに構わず懇願する。

「何とぞ、お聞きとめくだされ。何とぞ」

「黙らぬか！」

「この文を、桂昌院様に」

文を差し出す阿久利に、供侍は怒気を浮かべる。

「ならぬ！」

刀に手をかけた供侍の背後で、

「おやめなさい」

桂昌院の声がした。

応じて刀から手を放し、横を向いて頭を下げる者たちの先で駕籠が下ろされた。

阿久利と落合が頭を下げる。

戸が開けられ、桂昌院が阿久利を見据えた。

「良人のため、そして家臣のために御家を守ろうとするそなたの思いは見上げたものじゃ。文をこれへ」

応じた侍女が阿久利に歩み寄り、文を取り、桂昌院のもとへゆく。

受け取った桂昌院は、その場で読むことなく前を向いた。

戸が閉められ、駕籠が立つ。

行列を見送った落合は、平身低頭している阿久利に言う。

「奥方様、ようございましたな」

落涙して言う落合に、阿久利は顔を上げて振り向く。

「桂昌院様は、文をお読みくださろうか」

「お褒めくださったのですから、必ず読まれましょう。御家再興も、きっと許されますぞ」

阿久利は、山門から入る行列を見た。

「沙汰を待ちます」

「さ、お立ちください」

差し伸べてくれる落合の手をつかみ、阿久利は立ち上がった。

お静を迎えに行って屋敷に戻り、休むことなく内匠頭の位牌に手を合わせ、力添えを願った。

だが、公儀からはなんの音沙汰もないまま、むなしく日がすぎてゆく。

季節が移ろい、夏の盛りとなっても沙汰はない。

そして、夏も終わった。

内匠頭を供養しながら、吉報を待ち続けていた阿久利を仙桂尼が訪ねてきたのは元禄十五年七月十八日(一七〇二年八月十一日)。肌寒い雨が降りはじめた昼過ぎのことだ。

「ご無沙汰をいたしました」

頭を下げる仙桂尼は、阿久利の書状を柳沢に奪われた時から顔を見せなくなっていた。

公儀の見張りが厳しく、それゆえ桂昌院にも近づけなくなっていたのだ。

その仙桂尼が明るい顔をしている。

「何か、よいことがありましたか」

「実は去る十五日に、久方ぶりに護持院へ招かれました。桂昌院様とお目通りが許されたのです」

阿久利は大いに期待した。

「わたくしがお渡しした文のことで、何かおっしゃっていたのですか」

「はい。殊勝な者と、褒めておられました」

「他には」

急く阿久利に、仙桂尼は膝行し、手を取った。

「桂昌院様は、奥方様の文を上様にお見せしたそうです。このままにしておくのは不憫だと進言されたところ、上様は聞き入れられ、ただいま御公儀では、大学様の処遇について議論が重ねられているとのこと。近いうちにもお沙汰がありましょう」

阿久利は思わず、仙桂尼の手をにぎり返した。

「吉報を望めますか」

「桂昌院様は、去年の今頃とは別人のように穏やかに語られました。期待してよいかと存じます。早くお伝えしようと思いながら雑事に追われ、今日になってしまいました」

「よう知らせてくれました。暗闇の中に、光が見えた気持ちです。与左殿、そなたが連れて行ってくれたおかげです」

控えていた落合は、目元を拭って謙遜し、そして、安堵の笑みを浮かべて言う。

「奥方様のご苦心が、報われる時が来たのです。赤穂の方々も、これで落ち着きましょう」

「ほんに」

阿久利は仙桂尼を茶に誘い、長らく語り合った。

翌日は雨もやみ、爽やかな青空が広がっていた。

阿久利は、朝から吉報を待ち望み、落ち着かぬ時をすごしていた。

落合も落ち着きがなく、昼すぎには痺れを切らせて、阿久利に言う。

「大学様にはすでに使者が来ているかもしれませぬから、行って訊いてまいります」

「そうしてくれますか」

「はは」

落合が立ち上がり、頭を下げて去ろうとした時、廊下に足音がした。

「阿久利はおるか」

長照の声に、下座に控えていたお静が平伏した。

入り口に立った長照が、座る落合を厳しい目で見つめて、上座を譲ろうとした阿久利に言う。

「そのままでよいから聞け。たった今、御本家から急報が来た。大学殿の処分が決まったぞ」

阿久利は下座に正座し、長照を上座に促した。

黙って上座に歩む長照を見ていた阿久利は、緊張した。

向き合う長照は、神妙な面持ちで告げる。

「大学殿は、妻子共々広島の御本家に引き取られることとなった。赤穂城は、御譜代の永井《ながい》殿に与えられ、来たる九月一日に、三万三千石で入部される」

この瞬間に、御家再興の望みは絶たれた。

身体《からだ》から力が抜けた阿久利は、頭が真っ白になり言葉も出ぬ。

だがすぐに、大石の顔が浮かび、磯貝たち家臣のことを案じ、落合に振り向く。

「今すぐ十左殿のもとへ行ってください。大学殿の処遇を不服として、安兵衛殿と動く恐れがあります。なんとしても、止めるのです」

だが落合は、膝に置いた両手で袴をにぎり締め、動かなかった。

「与左殿、早く」

焦る阿久利に、落合は頭を垂れ、呻《うめ》くように言う。

「もはや、止めることはできませぬ」

「わしも同感じゃ」

長照の言葉が耳に入らぬ阿久利は、落合に迫った。

「与左殿、頼みます」

「ならぬ！」

長照の大声にびくりとした阿久利は、破裂しそうな心の臓の鼓動を抑えるべく、胸に手を当てた。とめどなくあふれる涙をどうすることもできず、瞼を閉じて上を向いた。

長照は、阿久利の震える肩を両手でつかみ、向き合って座した。

「そなたは、これまでようやった。じゃが、ここまでじゃ。赤穂の者たちが沙汰を不服として吉良上野介を討てば、そなたの命令でことを起こしたと公儀に疑われる。大学殿に沙汰がくだった後に、落合が赤穂の者と会うていたことが明るみに出れば、動かぬ証とされ、御本家と三次は危うい立場になる。浅野一族のことも考えよ。赤穂の者とは、今後一切関わってはならぬ。落合も、さよう心得よ」

「はは」

落合は頭を下げた。

阿久利は、苦悶に顔を歪めずにはいられない。

「阿久利、返事をしてくれ」

腕を強くにぎられ、阿久利は長照を見た。そして、はっとした。長照が、目を赤くしている。養父は今、浅野一族、と確かに言った。その中には、赤穂浅野も含まれているのだ。

大学がお預けとなり、赤穂浅野家はここに断絶した。同じ一族として、長照も無念に思っているに違いなかった。

阿久利は涙を飲んで下がり、長照に平伏した。

「おっしゃるとおりに、いたしまする」

「辛かろうが、耐えてくれ」

長照はそう言い置き、部屋から出ていった。

阿久利は、顔を上げられなかった。このままでは、大石は安兵衛たちと吉良を討ってしまう。そうなれば、討ち入った者たちは生きてはおれぬ。

どうすることもできぬ己の無力を呪い、畳に置いている指に力を込めた。

「奥方様」

お静が声をあげて駆け寄り、手を取った。

「爪が剝《は》がれています。落合殿、医者を」

慌てて立ち上がった落合は、阿久利に言う。

「もはや、下屋敷を見張る影はございませぬ。それがしにおまかせを」

阿久利ははっとした。

「なりませぬ。行けば、そなた様が養父上に咎められます」

落合は優しい顔を横に振り、

「医者を呼びに行くだけです」

そう言って、足早に去った。

跡をつける者を警戒して町中を急いだ落合は、源助町に行き、磯貝の酒屋を訪ねた。

だが、店は戸が閉められており、人気《ひとけ》がない。

いやな予感がした落合は歩を速め、隣の店の者に問うた。

「おい、酒屋はどうした」

すると店の男は、昨日、奉公人に暇を出して閉めてしまった、繁盛していたのに急なことで、驚いていると言うではないか。

磯貝は大学の処遇をいち早く知って、姿を消したに違いない。

落合は、阿久利になんと言えばよいか考え、閉められた酒屋の前に立ちつくした。

阿久利の怪我《けが》が心配になり、藩邸に出入りを許されている医者を呼びに行った。

下屋敷に連れて戻ると、待っていたお静が歩み寄ってきた。

「奥方様は大事ないとおっしゃいますが、痛そうです。早くお願いします」

「わかった。先生、頼みます」

落合に応じた医者は、お静に連れられて阿久利のもとへ急いだ。

幸い、爪は右の中指のみ剝がれただけですみ、二、三日で痛みは取れると言う。それよりも医者が案じたのは、阿久利の様子だった。

何を語りかけても、訊いても上の空で、治療を終えて部屋の外に出た医者は、落合に真顔で言う。

「ご心労がおありのようですが、何かありましたか」

赤穂浪士のことを言えるはずもない落合は、逆に問う。

「脈を取っていたが、どうなのだ」

すると医者は、阿久利の部屋を見て、落合をその場から遠ざけた。そして、声音を下げて言う。

「脈が乱れておられます」

落合は目を見張った。

「どこか、お悪いのか」

「今はまだ、大事ないとは思いますが、心労を重ねられますと、あまりよくありません。畳に、引っ掻《か》いた跡がございましたが、よほどのことがおありなのだと推察します。どうか、おこころ安らかにすごされますよう、周囲の者が気を付けてくだされ」

落合は、そう思うても、どうにもならぬのだと言いかけて、言葉を飲み込んだ。

「わかった。また何かあれば、すぐ来てくれ」

「承知しました」

「今日は、ご苦労だった」

治療代を渡して門まで送った落合は、阿久利の身体を案じて、深いため息をついた。そして、磯貝がいなくなったことは当分言わぬほうがいいと思い、その足で、捜しに町へ戻った。

別れの盃

元禄十五年七月二十八日――。

大石の呼びかけで、京都円山安養寺《まるやまあんようじ》子院の重阿弥坊《じゅうあみぼう》に、浪士たちが集まった。

その中には、京に来ていた堀部安兵衛もいる。安兵衛は大石に、御家再興が叶わなかった時に備えるべきだと進言しに来て、そのまま逗留《とうりゅう》していた。そこへ、江戸から急報が届いたのだ。

「奥方様のお気持ちを思うと、胸が痛む」

大石は、まずこう述べた。

部屋は静まり返っている。皆、こころの中で悔しみ、涙しているのだ。そのせいか、部屋の空気が張り詰めている。

しばし黙り、集まった者たち一人ひとりの顔を見ていた大石は、先ほどから身を乗り出し、己が望む言葉を待っている堀部安兵衛と目を合わせた。

大石はそらし、上方に暮らす者たちに目を向けた。そして言う。

「今日は、方々《かたがた》の今の気持ちを訊きたいと思い集まっていただいた。大学様は、すでに木挽《こびき》町《ちょう》の屋敷から御本家の藩邸に引き取られており、本日は、広島に向けて江戸を発たれる。今頃は、旅の空の下であろう」

むせび泣く者がいる。

畳を拳でたたく者、天井を見上げて顔をしかめる者、じっと大石を見ている者がいる。

皆の胸中を、大石に測り知ることはできぬ。

ここで意見する者は出なかった。

少しあいだを空け、大石は続ける。

「御家再興は、ないとは言い切れぬ。あったとしても、この先何年、何十年かかるかわからぬ。それでも望みを捨てず、待ちたいとお思いの方はおられるか」

「吉良を討つべし」

真っ先に声をあげたのは安兵衛だ。

それに続く者がいるが、大半が黙っている。

「吉良上野介を討つことに反対の者はいるか」

大石の問いに、その場が静まり返った。

安兵衛は、恐ろしい形相《ぎょうそう》で皆を見ている。

大石は返答を待ったが、各々の顔色をうかがうばかりで、待ちたいと言う者はいない。

そこで大石は、正面を向いて居住まいを正した。

「では、それがしの気持ちを伝える。今日まで、御家再興に向けて奔走してきたが、夢破れた。悔しいが、御公儀の沙汰には従うしかない。吉良上野介を討ちたいと願う者がいるが、それがしは正直、ほとほと疲れた。誓紙《せいし》血判《けっぱん》をくだされている皆様からはお叱りを受けるやもしれぬが、吉良上野介のことなど、もはやどうでもようなってしもうたのだ。これからは、妻子のために生きようと思う」

「なんたることだ！」

憤慨して立ち上がったのは安兵衛だ。

「松の廊下で起きたことは、皆、殿と吉良の喧嘩と言うておる。それなのに公儀は、こともあろうに殿だけに即日切腹を命じ、片手落ちの処分をくだした。吉良上野介は今も、悠々と生きている。これは、天下の大法にそむくことだ。公儀が正さぬなら、我らが吉良を討って正義を示すべきではないのか」

「残念ながら、今の世では武士の一分は通らぬ。公儀こそが正義なのだ」

そう言ったのは、進藤源四郎だ。

安兵衛は睨んだ。

「貴様らは、あの日の殿のご様子を知らぬから、人ごとのように言えるのだ！　屋敷を去られる奥方様のお姿を、見ておらぬから……」

悔し涙をためて歯を食いしばる安兵衛から軽蔑の眼差しを向けられても、大石は飄々《ひょうひょう》として言う。

「安兵衛がなんと言おうと、それがしは江戸へ行かぬ。そういうことで、本日よりは、各々の勝手次第。ささやかな膳を支度してござるゆえ、別れの盃《さかずき》を交わしていただきたい」

「断る！」

安兵衛は怒鳴り、置いていた刀をつかんで大石を睨んだ。

「これより江戸に帰り、吉良を討つ！　わしに賛同する者は共に来い！」

「まいる！」

不破数右衛門《ふわかずえもん》が叫んで立つと、次々と続き、大石に軽蔑の目を向けて出ていった。

残った者に、大石は微笑む。

「血の気が多いことだ。あれでは、返り討ちにされよう」

手をたたくと、料理の膳が運ばれてきた。

大石の親類であり、御家断絶後も行動を共にしていた進藤源四郎が銚子《ちょうし》を手にして立ち、大石の前に座して酒をすすめた。

「初めから、仇討ちをせぬと決めておられましたのか」

「いや、そうではない」

「それがしに明かしてくださらなかったのは、水臭いことです。いつからですか」

「さて、いつからか」

そう濁した大石は、進藤の目を見た。

「不服か」

進藤は目をそらし、首を横に振る。

「人それぞれ、思うところはございますゆえ」

「どういう意味だ」

「御家老のお考えに、異を唱えるつもりはないということです」

「わしは去るが、おぬしはこれからどうする」

進藤は薄い笑みを浮かべて、目を合わせた。

何か言おうとしたところへ、奥野《おくの》将監《しょうげん》と小山《おやま》源五《げんご》左衛門《ざえもん》が来て、大石に酒をすすめた。

「御家老、仇討ちがあるのではないかと不安に思うている者が、安心しますぞ。いつ、京を発たれますか」

訊く奥野の酌を受け、微笑む。

「まだ決めてはおらぬ」

「発たれる時はお教えください。お見送りをいたします」

「それは遠慮する。これをもって、別れの盃としたい」

酒を飲み干した大石は、奥野に盃を差し出した。

酌をしているあいだにも、おもしろくなさそうな顔をして立ち去る者が何人かいた。

目で追った大石は、進藤に言う。

「そなたはどうする」

「それがしも、家族のために生きようと思います」

「そうか。わしはいずれ妻子のもとへ帰るゆえ、もう会うことはないだろう。七月五日に、三男が生まれたばかりだ」

「おお、さようでしたか。それはおめでとうございます」

「ありがとう」

「お名は」

「大三郎《だいざぶろう》だ」

進藤はよい名だと、笑顔で言った。

大石は酒をすすめた。

「これまで、よう仕えてくれた、達者で暮らせ」

「大石様も」

「うむ」

「大石様が生きると決められたことで、りく殿とお子たちは、さぞ喜ばれましょう」

「だと、よいがな」

大石も忠義に厚い者であるが、進藤も同じ。

微笑んだ大石は、ゆるりと、酒を口に含んだ。

残っていた小野寺十内《おのでらじゅうない》は、大石をはじめとする重臣たちが仇討ちをせず、別れの盃などと称して酒を飲む姿に怒気を浮かべて立ち上がり、物も言わずに部屋から出た。

安兵衛を追って廊下を急いでいると、目の前の部屋から長身の若者が出てきて、頭を下げた。

今年十五歳になった大石の長男に、小野寺は顔をしかめる。

「主税《ちから》、父上を見損なったぞ。お子が生まれたのはめでたいが、忠義が消え失せたことは、武士としてどうかと思う」

真顔を上げた主税は、左手を部屋に向かって広げ、小野寺に微笑む。

「こちらへ」

主税が示す部屋の前まで行った小野寺は、中を見て目を見張った。大石の言葉に怒り、立ち去った者たちがいたからだ。

「おぬしら、ここで何をしておる」

安兵衛が厳しい顔を向ける。

「主税が行かせぬのだ。我らに、御家老を説得してほしいと見える」

小野寺は主税を見た。

「そうなのか」

「父にお怒りでしょうが、どうか、しばらくお待ちください」

「何を待つのだ」

「部屋に残った方々がお帰りになれば、父上がこちらに来られます」

「そこで説得しろと言うのか」

主税は答えず頭を下げた。

「どうか、お待ちください」

小野寺は渋々応じ、安兵衛のそばに座した。

安兵衛が問う。

「出るのが遅かったが、迷うていたのか」

「わしの腹は初めから決まっている。重臣たちは御家老を説得するのではないかと思い残っていたが、とんだ間違いだった。皆、殿のご無念を晴らすことよりも、己の命が大事なのだ」

安兵衛が主税に顔を向ける。

「聞いたか、待っても時間の無駄だ。吉良を討ちたいなら、父上の許しをもろうて来い。江戸に連れて行ってやる」

主税は障子を閉めて出口に陣取り、黙ってうつむいている。

安兵衛は立とうとしたが、小野寺が止めた。

「そう焦るな。主税が御家老に何を言うか、見てみようではないか。吉良の屋敷のことを思うと、一人でも多いほうがいい」

安兵衛はうなずき、座りなおした。

吉良をどう討つか話しながら、皆は待っている。

半刻（約一時間）がすぎた時、主税が皆に向かって、静かにするよう声をかけた。

安兵衛たちが口を閉じ、部屋が静かになる。そこへ、話し声がしてきた。誰かが、安堵したと言いながら、廊下を歩いている。

進藤たちだとわかり、安兵衛が障子を睨み、そして、声がするほうを目で追っている。

程なく、進藤たちは帰っていった。

障子を開けて廊下をうかがっていた主税が、皆に言う。

「父がまいられました」

そう言うと、安兵衛たちの前で横向きに座った。

障子を開けて入ってきた大石が、皆の前に立ち、一人ずつ顔を見た後で正座した。

安兵衛が迫る。

「御家老、まことに、吉良を討たぬつもりですか」

大石は安兵衛を見て、ふたたび皆の顔を見た後、落ち着きはらって言う。

「今日は、皆の本心を知るために集まってもらった。帰った者たちに腹を立てているだろうが、進藤と奥野たちは、御家再興をあきらめてはおらぬ。そこをわかってやってくれ」

「御家老のお気持ちはどうなのですか」

安兵衛が問い、皆が返答を待った。

大石は、真っ直ぐ前を向くやいなや、両手を畳につき、頭を下げた。

皆が驚きの声をあげる中、安兵衛は怒気を浮かべている。

「あやまられても、聞きませぬぞ」

安兵衛がそう言うと、大石は顔を上げ、じっと見つめた。そして、皆に顔を向けた。

「御家再興の道が絶たれた今、できることはただ一つ。亡き殿に代わって吉良上野介を討つことが、我ら家臣の務めと存ずる。よって本年中に、殿のご無念を晴らす」

ついに決意を明かした大石は、苦渋の面持ちではなく、顔には生気が満ちている。

皆が驚きの声をあげて立ち上がり、すぐに、喜びへと変わった。

安兵衛は大石の前に来て座し、両手をついた。

「そのお言葉を、お待ちしておりました」

大石がうなずく。

「安兵衛、今日までよう辛抱してくれた」

「長うございました」

安兵衛は目に涙をためてそう言い、さらに問う。

「御家老は、初めから吉良を討つと決めておられたのですか」

大石は真顔を向けた。

「将軍家が御家再興を許すとは思えなかったが、奥方様の気持ちに応えるために悪あがきをした」

「お人が悪い」

「そう言うな。吉良と上杉の様子も見ていたのだ」

安兵衛はその場で両手をついた。

「ご心中察することもなく、非礼をお許しください」

平伏する安兵衛から眼差しを転じた大石は、皆に言う。

「思うことがあるゆえ、今聞いたことは、決して他言せぬように」

「はは」

一同が揃って平伏した。皆そのまま顔を上げず、声を殺して泣いている。

こころが一つになった気がした大石は、支度をしながら沙汰を待つよう言い、この日は解散した。

口には出さなかったが、進藤たち重臣が仇討ちを訴えなかったことは、大石にとっては意外で、痛手だった。

そこで、今日ここに来ておらぬ同志たちの本心を知る必要があると考え、日を空けず、山科の隠宅に大高源五《おおたかげんご》と貝賀弥左衛門《かいがやざえもん》を呼んだ。

安兵衛を同座させ大石は、二人に胸のうちを明かした。

「進藤たちと考えを同じにする者たちを江戸に連れて行けば、仇討ちに失敗する恐れがある。そこでおぬしたちに頼みがある。急ぎ上方の同志を訪ね、真意を確かめてほしい」

大高が訊く。

「方々には、どのようにして確かめればよろしいですか」

「ただ訊いただけでは、本心を引き出すことはできぬ。主税」

応じた主税は、横に置いていた手箱を持って立ち上がり、二人の前に置いて蓋を開け、元の場所に下がった。

中を見た大高と貝賀は驚き、大石を見てきた。

貝賀が言う。

「これは、もしや」

「うむ。預かっていた誓紙血判の、名前を切り分けた。これを持って同志の方々を訪ね、今から言うとおりにしてほしい」


大石宅を出た大高と貝賀は、その足で同志たちの家に向かった。

伏見に走り、訪ねたのは菅谷《すがや》半之丞《はんのじょう》の家だ。

赤穂では百石の禄をいただき、代官まで務めた菅谷は、大石の信頼厚い男。赤穂城の明け渡し後は、阿久利の里である三次浅野家に仕える兄を頼って三次の国許へ行き、国家老の庇護《ひご》を受けて三ヶ月ほど暮らしていた。菅谷ほどの者を遠く離れた三次の町へ置いておくのはもったいないと称した大石の意向により、たった三ヶ月で三次の地を離れ、伏見に暮らしている。

大高と貝賀が菅谷を訪ねたのは、やはり、脱盟するはずもないと思っていた進藤や奥野たち重臣が離れたのが大きかった。短いあいだでも阿久利の里で過ごし、今も親戚の多くが三次で暮らす菅谷は、進藤たちと同じく、家臣を死なせまいとする阿久利の意に沿うのではないか。

優れた人物だけに、大高と貝賀は、真意を見破られぬよう緊張しながら、萱谷と向き合った。

萱谷は、齢五十三の貝賀を労い、大高には、何ごとかと問うた。

大高が頭を下げる。

「本日は、誓紙血判をお返しするためにまいりました」

「何、血判を返すだと」

萱谷は、差し出された一枚の紙を見て、眉間に皺を寄せ、そして貝賀を見た。

「何ゆえ切り分けてあるのです」

貝賀が大高にかわって答える。

「御家老のご意志です。このたび、大学様が広島の御本家へお預けと決したことで、御家再興の望みが絶たれました」

萱谷がうなずく。

「それは、前から予想できていたことではござらぬか」

「さよう、しかし、いざ現実となると、大石様は落胆されたのです。もはや、仇討ちをする気力も失せられてしまい、これからは妻子のために奉公する所存ゆえ、皆は思うようにしてくれ、こうおっしゃり、同志の方々に血判をお返しするよう、それがしどもに命じられました」

萱谷は明らかに怒気を浮かべたが、一つ息を吐き、真顔で大高を見据えた。

「わしは、討ち入りがあるものと思うからこそ、兄に別れを告げて三次から出てきた。御家老を信じればこそじゃ。それを今さら、やめるとは何ごとか。納得がいかぬ。血判は受け取らぬぞ。今から御家老を訪ねて、吉良上野介を討つよう申し上げる」

「菅谷殿、お待ちください」

「待たぬ」

刀をつかんで出ようとする菅谷の前で片膝をついた二人が、両手を広げて止めた。

「どけ」

菅谷は落ち着いた物言いだが、殺気を帯びている。

大高は怯まず、目を見て言う。

「お覚悟、しかと承りました。これよりまことを申し上げますゆえ、お座りください」

菅谷はいぶかしむ顔をした。

「まこととはなんだ。さてはおぬしら、わしを確かめたのか」

「御家老の命なれば、お許しください」

貝賀に平身低頭され、菅谷はあぐらをかいた。

「まことを聞こう」

「はは」

顔を上げた貝賀は、懐から紙包みを出し、菅谷の目を見て言う。

「支度金と路銀でございます。ただちに江戸へお発ちください」

菅谷ははっとした。

「御家老は、決心されたのか」

「はい。今年中に、吉良上野介を討ちまする」

菅谷の顔が一変し、昂揚《こうよう》した面持ちになった。

「長かった。この日を、どれほど待ちわびたことか」

涙をためて言う菅谷は、高まる気持ちを抑えられぬ様子。

貝賀と大高は、構えて言う。

「我らは密命を受け、同志の本心を訊いて回ります。このこと、決して他言されませぬように」

「わかった。わしは支度を終えている。これより山科へ行き、大石様と行動を共にする。江戸への道中をお守りさせていただく」

「はは、では、我らはこれにて失礼つかまつります」

「うむ」

見送りを受けた貝賀と大高は、次の同志を訪ね、数日をかけて、京、大坂、赤穂を回った。

大石の策により、百二十人いた同志は、半数以下の五十人に減ってしまう。

菅谷半之丞に見られたように、血判を返されることを拒み、仇討ちを願う者たちこそが、まことの忠臣。

大石は、上方に暮らしている忠臣たちを順次江戸に行かせ、自身は、十月七日に京を離れた。その中には、身辺警固を願い出て許された、菅谷半之丞もいた。

忠臣たちの消息

冬の足音が、もうそこまで来ている。

庭のもみじがすっかり落ちてしまうほど強い風が吹いているが、阿久利の耳には届かない。良人《おっと》の位牌《いはい》に向かい、仙桂尼と共に経を上げている。

成仏を願い、子と思う家臣たちの無事を祈りながら、経を唱え続けた。

線香が絶え、読経を終えたところで、それを待っていたかのように落合与左衛門が入ってきた。

外はもう暗くなりはじめている。

一日外に出ていた落合の顔には、疲れが浮いている。

「奥方様、甘いと評判の蜜柑《みかん》を求めてまいりました。味見をしましたが、評判どおり甘うて美味《おい》しゅうございますから、お召し上がりくださ い」

網籠に入れた蜜柑を差し出され、阿久利は一つ取って内匠頭の位牌に供えた。

皮をむくと言う仙桂尼を横目に、落合に問う。

「今日も、十左殿は見つかりませぬか」

「申しわけございませぬ」

「内蔵助殿からの返事も、まだ来ませぬか」

「そのご報告に上がりました。先ほど手の者が戻り、大石殿のお宅はもぬけの殻になっていたそうです。さらに、上方《かみがた》の家臣たちに誓紙《せいし》血判状《けっぱんじょう》を返して回らせたそうにございます」

「血判を、取っていたのですか」

「はい」

返事をした落合が一瞬見せた躊躇《ためら》いを、阿久利は見逃さぬ。

「返した理由は、わかりますか」

「それは……」

「隠さず教えてください」

「手の者も又聞きだと申しますからはっきりそうとは言えませぬが、大石殿は、御家《おいえ》再興の望みが絶たれ、吉良を討つ気も失《う》せたゆえ、この後は妻子のために生きる。そう伝えて回らせたそうです。山科を引き払い、妻子のもとへ帰られたものかと」

阿久利は、胸騒ぎがしてならなかった。

「血判を返したのは、いつのことですか」

「八月頃のことだそうです」

「十左殿は、それより前にいなくなりました。何ゆえでしょうか」

「大石殿の気持ちをいち早く知り、安兵衛殿と説得に行ったのかもしれませぬ」

「では、もう江戸に戻っているかもしれませぬ。内蔵助殿と決別し、安兵衛殿と行動を共にしているのでは……」

どうすれば、仇討《あだう》ちを止められるか。

うつむいて考えても妙案は出ず、落合に顔を向ける。

「なんとしても、止めなければなりませぬ。十左殿と安兵衛殿を捜し出してください」

「はは」

阿久利は、不安で胸が締め付けられた。

「奥方様、こころ穏やかにおすごしください」

仙桂尼が言い、手をにぎってきた。

「お静殿から聞きました。近頃また、食が細くなられたとか。お身体《からだ》に障りますから、無理をしてでもお召し上がりください」

阿久利は目を閉じ、うなずいた。

「わたくしのことはよいのです。それよりも、内蔵助殿は、まことに妻子のもとへ戻られたと思いますか」

仙桂尼は逆に問う。

「お疑いですか」

「殿は、大石頼母《たのも》殿が亡くなられてからは内蔵助殿を頼りに思われ、内蔵助がいてくれるから安心できるとおっしゃっていたのです。御家再興の道が閉ざされた今、その内蔵助殿が、殿のご無念を晴らさずにいましょうか」

「妻子のもとではなく、江戸に来られているというのですか」

「そう思えてならぬのです」

　仙桂尼は阿久利を心配し、落合に言う。

「高田郡兵衛殿に訊《たず》ねてみてはいかがでしょうか」

　落合は驚いた。

「しかし郡兵衛殿は、吉良上野介殿を討つと言っておきながら離れた身。安兵衛殿たちからすれば裏切り者ゆえ、絶交しているのではないか」

「郡兵衛殿が抜けられたのは、やむを得ぬことだったのですから、安兵衛殿とは、密《ひそ》かに繋《つな》がっているかもしれませぬ」

「うぅむ」

「落合殿、考えても答えは出ませぬ。訊《き》いてみるべきかと」

　仙桂尼に急《せ》かされ、落合は応じた。

「では奥方様、これより訪ねてみます」

「頼みます」

　落合は頭を下げ、出ていった。

「奥方様、お召し上がりください」

むいた蜜柑を差し出され、阿久利は一粒口に入れた。

「与左殿が申すとおり、甘くて美味しい。仙桂尼殿も召し上がれ」

仙桂尼は素直に一粒食べ、目を細めた。そして、阿久利に向いて言う。

「わたくしも、手を尽くしてみます」

そう言ってくれる仙桂尼に、阿久利は恐縮した。

「そなたには、世話になってばかりです」

「何をおっしゃいます。どうか、こころ穏やかにおすごしください」

「そうしましょう」

阿久利はもう一粒口に運び、微笑《ほほえ》んで見せた。

仙桂尼の目には、無理をしていると映ったのであろう。阿久利を案じてその日は泊まり、翌朝早く帰っていった。


落合与左衛門は、高田郡兵衛に会えなかった。

居留守に違いないと思い、次の日も、その次の日も通った。だが、今日は留守、本日はご体調優れず、などと用人《ようにん》に言われ、避けられた。

家の者が会わせぬのだと思う落合は、磯貝たちを捜しながら、毎日のように通い詰めた。

そして十一月の終わり頃になって、郡兵衛はようやく、落合を屋敷に入れた。

客間で向き合う郡兵衛は、どこか寂しそうな顔をしている。

落合は、阿久利の気持ちを打ち明けた。

「奥方様は、そなたが生きる道を選んだことを喜ばれている。今は、行方《ゆくえ》がわからぬようになった者たちのことを案じられ、痩せ細っておられる。安兵衛殿とは絶縁したと先ほど申したが、それは、まことか」

「はい」

「では、磯貝殿とはどうだ」

「酒屋を閉めてからは、どこで何をしているのか知りませぬ」

「やはりそうであったか。ならば、大石殿はどうされておる」

郡兵衛は、落合の目を見てきた。

落合も合わせ、郡兵衛の真意を見抜いた。

「その顔は知っておるな。頼む、教えてくれ」

郡兵衛はうつむいたが、落合は膝行《しっこう》し、両手をついた。

「こうしてはおれぬのだ。知っていることを言うてくれ」

「それがしは、先頭に立って吉良上野介を討つべしと訴えていた身。その気持ちは今も変わりませぬ。できることなら、皆と共に行きたい」

涙を浮かべて悔しそうに言う郡兵衛を見た落合は、確信した。

「討ち入りが、決まったのだな」

郡兵衛は唇を引き締め、こくりとうなずいた。

「大石殿の居場所を知っているのなら、どこにおられるか教えてくれ」

「知りませぬ」

「奥方様は、皆を死なせとうないのだ。頼む」

郡兵衛は上を向き、辛《つら》そうに目を閉じた。

「二度も、皆を裏切らせないでください」

「そなたの名は決して出さぬ。殿は、家臣のことを子とおっしゃっておられた。子の死を望む親がどこにおろうか。奥方様も、皆を死なせとうないのだ、頼む！」

郡兵衛は苦渋に満ちた顔を横に向けて黙っている。

落合は、郡兵衛の腕をつかんだ。

「二度と裏切りとうないという気持ち、ようわかる。だが郡兵衛殿、皆を生かしたい奥方様のために、ここは折れてくだされ」

郡兵衛は目を閉じ、長い息を吐いた。そして、落合の目を見る。

「それがしは、大石様と安兵衛殿の居場所を知りませぬ。吉良屋敷の裏門の向かいに、蜜柑を売る美作屋《みまさかや》という店があります。そこを訪ねて、あるじに訊いてください」

落合は驚いた。

「その店には、蜜柑を買いに立ち寄ったことがある。あるじにも会うたが、何者だ」

「奥御殿付きでござった落合殿にはわからぬかもしれませぬが、本名は神崎与五郎《かんざきよごろう》です。かつては徒目付《かちめつけ》をしておりました」

「なるほど。目付に吉良を探らせていたのか。それにしても、あのあるじが浪士だったとは。わしのことを知っていて名乗らなかったのであれば、訊いても教えてくれそうにないが、他にはおらぬか」

「落合殿に耳をかたむけてくれるのは、あの者しかおらぬと思うてお教えしました」

「そうか。では、さっそく訪ねてみる。そなたの名は出さぬゆえ、安心してくれ。いやな思いをさせてすまぬ」

「奥方様のためですから、お気になさらずに」

「かたじけない」

落合は頭を下げ、見送りを断って屋敷の門から出た。

さっそく本所に行こうと足を向けた時、道の先にある土塀の角に隠れた人影が目に入った。

吉良か上杉か、それとも公儀の手の者か。

このまま行けば、阿久利の関与を疑われると思う落合は、高田郡兵衛を訪ねたのみと思わせるため、来た道を戻った。

途中、人混《ひとご》みに紛れて幾度か後ろを気にすると、やはり、侍が二人後に続いているのが見えた。

落合は気付かぬふりをして古道具屋に寄り、ひやかしで品を手に取って見たり、店の者と話をしつつ、その肩越しに通りを探る。

二人の侍が向かいの店の軒先に入り、こちらの様子を見ている。

これでは本所へ行けぬ。

舌打ちをすると、銀煙管《ぎんぎせる》をすすめていた手代《てだい》が驚いた顔をした。

「お気に召しませんでしたか。長々とうんちくを並べてすみませんでした」

落合は苦笑いをした。

目についた古着を指差す。

「あれを見せてもらおうか」

すると手代が驚いた。

「町の者が着ていた物ですから、御武家様が着られるには品が悪うございますが」

「かまわん。柄が気に入ったのだ」

「さようでございますか」

紺地に白の枝模様を染め抜かれた着物を手に取った落合は、帯と羽織も求めて包ませ、代金を払って店を出た。そして、ここでも気付かぬふりをして、用心のために本所へ行くのをあきらめ、三次藩の下屋敷へ戻った。

阿久利には、跡をつけられたことは告げず、神崎与五郎なる者に会いに行くとだけ報告し、翌早朝に、屋敷を出た。

昨日求めた古着をまとい、大小も帯びぬ町人姿をしている。髷《まげ》はどうにもできぬゆえ手ぬぐいで頬被《ほおかぶ》りをして隠し、まだ人気《ひとけ》が少ない道を急ぐ。

途中で後ろを気にした。町人の身なりで裏門から出たことが幸いしたか、昨日の人影はどこにもない。

それでも油断せず町中を歩き、新大橋を使って本所に渡った頃には、商家も商いをはじめて、通りにも行き交う人が多くなっていた。

松坂町へ行き、静まり返っている吉良屋敷の横を通って裏に回った。

蜜柑を買ったことがある美作屋へ行くと、店はまだ閉まっていた。

表の戸をたたき、ごめんください、と声をかけて待ったが、返事はない。

隣の店の者が出てきて、昨日から休んでいる、時々二、三日休むことがあるから、明日か明後日には開くはずだと教えてくれた。

わけを訊くことは差し障りを覚えてやめ、蜜柑が旨《うま》かったから買いに来たと残念がり、その場を離れた。

通りを戻り、路地から裏に回って見ても、木戸は堅く閉ざされ、板塀も高いので中をうかがうことはできない。

また明日、足を運ぶか。

そう独りごち、あきらめて路地を戻った。

その姿を、堀部安兵衛が見ていることに気付かずに。

「跡をつけた者がいないか見てこい」

木戸を一旦閉めた安兵衛は、そう神崎に命じた。

商人の身なりをしている神崎が応じ、木戸から裏路地に出ていった。

程なく戻り、待っていた安兵衛に言う。

「怪しい者はいません。落合様は、町をうろついておられます」

「蜜柑を買いに来たのは偽りであろう。恐らく、おぬしの正体を知られたからだ」

「前はまったく気付いておられなかったのですから、それはないかと」

「変装までしておられるのがその証《あかし》だ。三次の者がおぬしと会えば、奥方様の関与が疑われる。それゆえの変装であろう」

「いったい、どうしてばれたのでしょうか」

「誰かが漏らしたからに決まっておろう」

「まさか、御家老が……」

「あり得ぬ。心当たりがなくはないが、今となってはどうでもよい。それより、支度を急ぐぞ」

「はい」

安兵衛は神崎を連れて出ると、急いでどこかへ行ってしまった。

落合は、翌日も美作屋を訪ねた。今日は開くはずだと隣の者は言ったが、店は閉まっていた。その隣も、今日は休んでいる。

まさか、隣も赤穂浪士だったかと勘ぐった落合は、戸をたたいてみたが、返事がない。離れて二軒の店を見上げていると、左隣の商家の者が出てきて、あるじは箱根《はこね》へ湯治に行ったと教えた。

落合は、戻ろうとした店の男を止めて訊く。

「美作屋は、どうして店を開けないのです。病の妻に、ここの蜜柑を食べさせたいのですが」

嘘《うそ》を信じて気の毒そうな顔をした店の男が、わからないと言う。

肩を落として見せた落合は、裏に回り、木戸に落ち葉を挟んでおいた。

そして翌日も来てみたが、落ち葉はそのまま残っていた。

どうやら、帰っていないようだった。

これはいよいよかと思う落合は、渋い顔をして離れ、急いで屋敷に戻った。

新大橋を渡っていると、後ろから足音が近づき、横に並んだ男が言う。

「落合様、そのままお聞きください」

驚いたが、前を向いたまま言う。

「誰だ」

「菅谷半之丞と申します。黙ってこれをお受け取りください」

前に出た菅谷は、後ろ手に一通の手紙を持っていた。

落合が手を伸ばして受け取ると、町人姿の菅谷は、振り向かず走り去った。

声をかけることもできず、文を懐に忍ばせた落合は、歩を速めて屋敷へ帰り、己の長屋に入って戸を閉めた。

焦る気持ちを落ち着かせて座り、文を開いた。

日付は十一月二十九日。花押を見た落合は目を見開く。

「大石殿……」

文を読むと、大石は、討ち入りが決したことをはっきり書いており、同時に、ここに来て脱盟する者がいることを嘆いていた。

冷光院様の御厚恩を忘れる者が多く、無念だとも。そして、美作屋を探ることをやめてほしいと願っていた。

読み終えた落合は、肝心なことが抜けていることにため息をついた。

「いつ討ち入るつもりなのだ」

日付は書かれていない。

文を膝に置いた落合は、阿久利に見せるべきか迷った。

大殿に知られれば、御家のために黙ってはいまい。

「奥方様に知らせたとて、苦しまれるだけじゃ」

落合はそう独りごち、悩んだすえに、文を隠すことにした。

内匠頭への届け物

何ごともなく日がすぎてゆき、今日は十二月九日。

阿久利は、行方がわからない浪士たちを案じて眠れぬ日が続いていた。

冷え込みがきつくなり、お静が火鉢に炭を増やしてくれるのを見ていると、浪士たちは暖かくしているだろうかと思う。

良人がこの世を去って一年と十ヶ月が経《た》ち、江戸の町では、仇討ちを望む声がすっかり消えている。

浪士たちも、仇討ちをやめてはくれまいか。

一人たりとも死なせたくない阿久利は、良人の位牌に手を合わせ、皆の無事を願わずにはいられなかった。

背後の次の間で、お静が誰かと小声で話しているのが聞こえてきた。落合と話しているようだった。

構わず阿久利は読経をはじめ、良人の供養を終えた。

膝を転じると、待っていたお静が歩み寄る。

「奥方様、落合様が、磯貝十郎左衛門様をお通ししてもよろしいかと問われています」

阿久利は目を見張った。

「十左殿が来ているのですか」

「はい」

「すぐに通しなさい」

お静は頭を下げて下がった。

落ち着いていられない阿久利は、立ち上がって廊下まで出た。

程なく庭に落合が現れ、その後ろに続いていた磯貝が、阿久利を見て駆け寄り、片膝をついて頭を下げた。

商人の身なりは変わらず、顔色もよい。

元気そうだと安堵《あんど》した阿久利は、面《おもて》を上げさせた。

「十左殿、よう来てくれました。姿を消したと聞き心配していたのです。これまで、どこにいたのですか」

「いろいろ、忙しくしておりました」

阿久利は目を見た。

「吉良殿を、討つのですか」

「今日は、奥方様にお願いがあり、上がらせていただきました」

平身低頭して願う磯貝に、勘のいい阿久利は、不安をにじませて問う。

「討ち入りが決まったのですか」

「………」

答えぬ磯貝に、阿久利はまず、願いを聞くこととした。

「わたくしにできることならばなんなりとしますから、面を上げなさい」

磯貝は応じて顔を上げ、穏やかな面持《おももち》で言う。

「奥方様と、殿の御前で鼓《つづみ》を打たせていただいたことをいつも思い出します。殿はご生前、奥方様の琴の音を聴くと、ささくれ立ったこころが落ち着くのだとおっしゃっておられました。ゆえに、殿のご仏前で、奥方様の琴に合わせて鼓を打ちたく、お願いに上がりました」

「それだけですか」

確かめる阿久利に、磯貝は微笑んでうなずいた。

「ほんとうですね」

「はい」

「わかりました。お静、琴と鼓の支度を」

「かしこまりました」

「十左殿、お上がりなさい」

「はは」

磯貝は帯からはずした布で足を拭き、阿久利の招きに従って部屋に入った。

内匠頭の位牌を見て涙ぐみ、次の間で正座して平伏した。

「遠慮せず、近くに寄りなさい。十左ようまいったと、殿も喜んでおられましょう」

磯貝は膝行して線香をくゆらせ、手を合わせて拝んだ。

そのあいだに琴と鼓が整えられ、阿久利は、落合とお静に人を近づけぬよう頼み、磯貝を促す。

「殿が好まれた六段の調べでよろしいですか」

「はい」

磯貝は鼓を持ち、阿久利を見てきた。

阿久利はうなずき、琴を爪弾く。

磯貝が合わせて鼓を打つのを聴きながら爪弾いていた阿久利は、目の前に良人が座している気がして、顔を上げた。そこには位牌があるだけなのだが、喜んでおられるのではないかと感じられ、こころを込めて爪弾く。

見張っていたお静は、奥御殿側から現れた長照に驚き、歩を進めて廊下の真ん中で正座し、平伏した。

「ただいま冷光院様の御供養に、琴を爪弾いておられます。これよりは、ご遠慮願いまする」

長照は不思議そうな顔をした。

「月命日でもないのに供養をしておるのか」

「はい」

「鼓の音は、誰のものか」

「落合様にございます」

この時落合は、誰も入れぬ覚悟で部屋の前で座し、涙を流している。

そうとは知るよしもない長照は、

「与左衛門にしては、よい音だ」

と言い、庭に向かってあぐらをかいた。

顔を上げたお静は、長照が目をつむって聴き入っているのを見て、ほっと胸をなで下ろす。

六段の調べに続き、内匠頭が好んだ曲を弾き終えた時、磯貝は満足した顔で阿久利に微笑み、頭を下げた。

「もう一つ、お願いがございます」

「おっしゃい」

「今日のことを忘れぬために、今お使いになられた爪を賜りとうございます」

阿久利は、指につけている琴爪を見た。

「これを……」

「是非とも、お願い申し上げます」

ふたたび頭を下げて懇願《こんじょう》する磯貝に、阿久利は息を呑《の》む。

「そなたまさか、今生の別れをしに来たのですか」

磯貝は黙っていた。

「十左殿！」

心配のあまり身を乗り出す阿久利に、磯貝は平身低頭したまま懇願した。

問うても言わず、決意も変えられぬと悟った阿久利は、突き刺さるような悲しみに襲われ、きつく瞼《まぶた》を閉じた。

桜色の琴爪をはずした阿久利は、磯貝の手を取って顔を上げさせ、手の平に置いた。

下がって平伏した磯貝は、何も言わずに、優しい笑みだけを残して去った。

走り去る磯貝の後ろ姿を見たお静は、慌てて長照を見た。

厳しい目で追っていた長照は、お静に顔を向け、ふっと、笑みを浮かべた。

「阿久利に、見事であったと伝えよ」

そう言って立ち去る長照に、お静は頭を下げた。

廊下まで出て、磯貝を見送った阿久利は、足の力が抜けた。

慌てて支えた落合に、阿久利は問う。

「与左殿、知っていたのですか」

落合は離れて頭を下げた。

「申しわけございませぬ。もう止めることができぬと思い、黙っておりました。これを、磯貝殿から預かりました。自分が帰った後で読んでほしいと言われたものです」

差し出された手紙は、大石が磯貝に持たせていた落合宛の手紙だった。

「先に見てもよいのですか」

「おそらく、討ち入りのことではないかと」

そう言われて、阿久利は手が震えた。

その場で開け、手紙を取り出した。


（このたび武運に恵まれ、殿がやり残されたことを、我ら家臣が代わって果たしまする）


その後には、四十八人の名が書かれていた。

磯貝をはじめ、阿久利がよく知る者たちの名前が連なっている。

殿が子と可愛《かわい》がり、慕ってくれた者たち一人ひとりの顔が、笑い声が、すぐそこにいるように感じられる。

止めたくとも、今となっては術《すべ》がないのか。

「与左殿、どうにもならぬのですか」

すがる思いをぶつけても、落合は苦悶《くもん》に満ちた顔をうつむけるだけだった。

名前が記された紙を胸に抱いた阿久利は、震えが止まらぬ身体をかがめた。

討ち入り

脱盟してしまった毛利小平太《もうりこへいた》を除く四十七人の赤穂浪士は、本所林町《はやしちょう》五丁目の堀部安兵衛宅と、目と鼻の先の徳右衛門町《とくえもんちょう》にある杉野十平次《すぎのじゅうへいじ》宅に集まり、黙然と着替えをはじめた。

江戸に来て幾度も協議を重ね、武具の支度を万全にしている浪士たちであったが、毛利のように、直前になって怖気《おじけ》付き、姿を消した者は何人かいる。

その理由は、江戸の町に広がっていた噂《うわさ》だった。

吉良は普請を重ね、屋敷はまるで砦《とりで》のようだから、赤穂浪士が討ち入っても負けるだろう。

そもそも、内匠頭は天下の大法で裁かれたのだから、吉良を討とうとするのは逆恨みで、大罪人だ。

赤穂浪士は気持ちがばらばらだから、上杉に守られている吉良に勝てるはずがない。

他にもたくさん、赤穂浪士不利と見る意見が、江戸市中に潜伏する浪士たちの耳に入ったのだ。

死を覚悟の上で江戸に入った浪士たちであるが、犬死はしたくないと考える者、怖気付く者が、逃げたのである。

それでも集まった四十七士の意志は堅い。

堀部安兵衛の家では、にぎり飯と汁物で腹ごしらえをすませた者たちが、互いに顔を見合ってうなずき、着替えをはじめた。

下着の上に鎖帷子《くさりかたびら》を着け、小袖と袴《はかま》、籠手《こて》と脛当《すねあ》てを着け、そして、己の名が記された羽織を着けた。

その出《い》で立ちは、在りし日の内匠頭が家臣を率い、火事から江戸の町を守った火消し装束だった。

浪士たちは、江戸でもそうであったが、赤穂の国許《くにもと》でも、消防に熱心だった内匠頭によって鍛えられている。安兵衛や磯貝といった江戸詰の者たちは、内匠頭と火事場を走り回り、江戸の町を守ったという自負がある。

赤穂浪士たちが討ち入りの備えに火消し装束を選んだのは、内匠頭の誇りを引き継いでいるからだった。

支度を終えた安兵衛が、小窓を開けて外を見た。

「おお、冷え込むと思えば、雪が降っておる」

空を見上げる顔は、これまでになく穏やかだ。

「殿は、寒い日こそ火事に備えよと、よう言うておられたな」

隣に立った磯貝は、安兵衛の言葉にうなずき、降りしきる雪を見つめた。そして、大石内蔵助の前に行き、片膝をついた。

「屋敷に斬り込む前に火事だと叫び、慌てて出てきた者を一網打尽にします」

すると、大石が答える前に、裏門組の副将を務める吉田《よしだ》忠左衛門《ちゅうざえもん》が声を発した。

「それはよい考えだ。御家老、我ら裏門組が、敵を引き付けまする」

大石は、裏門組の大将である息、主税に顔を向ける。

「抜かりなくやれ」

「はは」

主税は快諾し、十文字槍《やり》をつかんだ。

大石に促された吉田忠左衛門が、紙を手に立ち上がる。

「今一度、配置を告げる」

読み上げたのは、次のことだ。

総大将、大石内蔵助良雄《よしたか》　国家老《くにがろう》　四十四歳。

表門組。

門守備――。

堀部弥兵衛《やへえ》金丸《あきざね》　隠居・元江戸留守居役《えどるすいやく》　七十六歳。

原惣右衛門元辰《もととき》　物頭《ものがしら》　五十五歳。

間瀬《ませ》久太夫《きゅうだゆう》正明《まさあき》　目付《めつけ》　六十二歳。

村松喜兵衛《むらまつきへえ》秀直《ひでなお》　扶持奉行《ふちぶぎょう》　六十一歳。

玄関守備——。
指揮、近松勘六《ちかまつかんろく》行重《ゆきしげ》　馬廻《うままわり》　三十三歳。
早水藤左衛門《はやみとうざえもん》満堯《みつたか》　馬廻　三十九歳。
神崎与五郎則休《のりやす》　徒《かち》・郡《こおり》目付　三十七歳。
大高源五忠雄《ただお》　御腰物方《おこしものかた》・金奉行《きんぶぎょう》　三十一歳。
間十次郎光興《はざまじゅうじろうみつおき》　部屋住み　間喜兵衛《きへえ》の嫡子、二十五歳。
矢頭右衛門七《やとうえもしち》教兼《のりかね》　部屋住み　十七歳。

新門守備——。
指揮、貝賀弥左衛門友信《とものぶ》　蔵奉行　吉田忠左衛門の実弟、五十三歳。
横川勘平宗利《よこかわかんぺいむねとし》　徒目付　三十六歳。
岡野金右衛門包秀《おかのきんえもんかねひで》　部屋住み　二十三歳。

表より斬り込み——。
指揮、片岡源五右衛門高房《たかふさ》　側用人《そばようにん》　三十六歳。
奥田孫太夫重盛《しげもり》　武具奉行　五十六歳。

岡嶋八十右衛門常樹《おかじまやそえもんつねしげ》　札座勘定奉行《さつざかんじょうぶぎょう》　原惣右衛門の実弟、三十七歳。
富森助右衛門正因《とみのもりすけえもんまさより》　御使番《おつかいばん》　三十三歳。
武林唯七隆重《たけばやしただしちたかしげ》　馬廻　三十一歳。
矢田五郎右衛門助武《すけたけ》　馬廻　二十八歳。
吉田沢右衛門兼貞《さわえもんかねさだ》　蔵奉行　吉田忠左衛門の嫡子、二十八歳。
小野寺幸右衛門秀富《こうえもんひでとみ》　部屋住み　小野寺十内の養子で大高源五の実弟、二十七歳。
勝田新左衛門武尭《かつたしんざえもんたけたか》　札座横目《よこめ》　二十三歳。

裏門組。
大将、大石主税良金《よしかね》　部屋住み　大石内蔵助の嫡子、十五歳。
副将、吉田忠左衛門兼亮《かねすけ》　物頭・郡代《ぐんだい》　六十三歳

門守備——。
間喜兵衛光延《みつのぶ》　勝手方吟味役《かってかたぎんみやく》　六十八歳。
小野寺十内秀和《ひでかず》　京都留守居役　六十歳。
潮田又之丞高教《たかのり》　絵図・郡奉行　三十四歳。

徒長屋《かちながや》封《ふう》じ——。

指揮、木村岡右衛門《きむらおかえもん》貞行《さだゆき》　馬廻・絵図奉行　四十五歳。
千馬《せんば》三郎兵衛《さぶろべえ》光忠《みつただ》　馬廻・宗門改《しゅうもんあらため》　五十歳。
中村勘助正辰《まさとき》　書物役　四十七歳。
前原《まえはら》伊助《いすけ》宗房《むねふさ》　中小姓・金奉行　三十九歳。
茅野《かやの》和助《わすけ》常成《つねなり》　横目　三十六歳。
不破数右衛門正種《まさたね》　浪人　元馬廻・浜奉行　三十三歳。
奥田貞右衛門《さだえもん》行高《ゆきたか》　加東郡《かとうぐん》勘定方　奥田孫太夫の娘婿、二十五歳。
間新六郎光風《しんろくろうみつかぜ》　部屋住み　間喜兵衛の次男、二十三歳。
間瀬孫九郎正辰《まごくろうまさとき》　部屋住み　間瀬久太夫の嫡子、二十二歳。

裏より斬り込み——。
指揮、堀部安兵衛武庸《たけつね》　馬廻・御使番　堀部弥兵衛の娘婿、三十三歳。
菅谷半之丞政利《まさとし》　馬廻・代官　四十三歳。
寺坂吉右衛門《てらさかきちえもん》信行《のぶゆき》　吉田忠左衛門組の足軽　三十八歳。
三村次郎左衛門《みむらじろうざえもん》包常《かねつね》　酒奉行《さかぶぎょう》・台所役　三十六歳。
赤埴源蔵重賢《あかばねげんぞうしげかた》　馬廻　三十四歳。
倉橋伝助武幸《くらはしでんすけたけゆき》　扶持奉行　三十三歳。
杉野十平次次房《つぎふさ》　札座横目　二十七歳。

大石瀬左衛門信清《のぶきよ》　馬廻　大石内蔵助の父のはとこ、二十六歳。
村松三太夫《さんだゆう》高直《たかなお》　部屋住み　村松喜兵衛の嫡子、二十六歳。
磯貝十郎左衛門正久《まさひさ》　側用人　二十四歳。

外には雪が降り積もっていた。

二軒に分かれている四十七士たちは、じっと息を潜めている。咳《せき》をする者もいず、冷たい空気が張り詰めている。

杉野十平次宅を出た者たちが安兵衛宅の戸をたたいたのは、元禄十五年十二月十四日、寅《とら》の上刻（午前四時頃）。

大石内蔵助を先頭に、四十七士たちが竪川《たてかわ》沿いを進む。

二ツ目之橋を渡り、四十七士は静かに、そして迅速に町中を進み、吉良の屋敷に到着した。

雪がやみ、空には星が見える。肌を刺すような寒さの中に立つ四十七士の息は白く、身体から湯気を上げる者もいる。

皆が見つめる表門は堅く閉ざされている。不気味なほど静かだ。

大石内蔵助は、厳しい面持ち。

この時を待ち望んでいた堀部安兵衛が、武者震いをしている大石主税の肩をつかみ、うなずいて見せた。

磯貝十郎左衛門が長い息を吐き、皆も、息を整える。

浪士たちが落ち着くのを待っていた大石内蔵助は、白い采配《さいはい》を持つ右手を挙げ、力強く振るった。

裏門組大将の主税が応じて走り、安兵衛、磯貝たちが続く。

静かに待ち、主税たちが裏門に到着したであろう頃合いに、大石はふたたび采配を持つ手を挙げ、表門に向かって振るった。

表の塀に梯子《はしご》がかけられ、大高源五と間十次郎が登って中を探り、乗り越えて一番乗りを果たした。

続いた原惣右衛門が、屋根の雪で足を滑らせて落ち、足を抱えて痛みに苦しんでいる。

気付いた間十次郎が駆け寄る。

「大丈夫ですか」

「たいしたことではない。行け、行け」

足首を押さえて顔を歪《ゆが》めながら言う原に応じた十次郎は、大門に走り、閂《かんぬき》をはずして開けた。

大石内蔵助が皆を率いて入り、物音に気付いて出てきた門番二人を浪士たちが斬り、あるいは押さえ込んで口を塞《ふさ》ぎ、縛り上げた。

すぐに門が閉じられ、固めたところで、内蔵助は原惣右衛門を休ませた。

そのあいだも、片岡源五右衛門と矢田五郎右衛門が先頭に立ち、斬り込み組を率いて表玄関に向かう。

時を同じくして、主税率いる浪士たちが裏門を破った。

声もなく入った浪士たちは、主税の采配で分かれてゆく。

木村岡右衛門率いる者たちが徒長屋に走り、出入り口に取り付くやいなや、鎹《かすがい》で板戸と柱を打ち付けた。

吉良方にとっては、防御のために板戸を厚くしていたのが災いし、中で眠っていた徒たちが閉じ込められた。

それでも小窓から抜け出た者がいたが、待ち構えた不破数右衛門に斬り倒され、続こうとしていた徒は慌てて戸を閉めた。

また、別の戸口から出てきた者が、浪士たちに仰天し、母屋《おもや》に知らせようと走った。

それを見つけた千馬三郎兵衛と茅野和助が弓を引いて狙い、射た。

風を切って飛ぶ矢が背中に命中し、徒は悲鳴もなく倒れ伏す。

その者が出てきた戸を鎹で打ち付けて塞ぐのを見ていた堀部安兵衛は、母屋に向かって叫んだ。

「火事だ！」

「火事だ、逃げろ！」

磯貝が続いて叫び、二人は裏口の左右に分かれて身を潜めた。

程なく戸が開けられ、寝間着姿が三人ほど出てきた。

火消し装束の者たちが大勢いることに気付き、一人が怒鳴る。

「火はどこだ！」

その刹那《せつな》、横から迫った安兵衛が斬った。

残る二人は息を呑み、慌てて中に逃げようとした。そこに磯貝が立ちはだかり、槍で突いて押し返す。

「まいる！」

安兵衛が声をあげ、先頭に立って屋敷内に討ち入った。

玉火《たまび》の松明《たいまつ》を持った者が続き、その明かりを頼りに、長い廊下を奥へ進む。

目指すは吉良上野介の寝所。

静かに、気配を探りながら急ぐ浪士たち。

廊下の先から、五人の敵が出てきた。

内匠頭が亡くなって一年と十ヶ月がすぎていたこともあり、討ち入りはないものと油断していた吉良家の家臣たちに、戦備《いくさそな》えをしている者は誰一人いない。

眠っていたところを急襲され、寝間着のまま刀をつかんで飛び出てきたのだから、万全の備えをしている四十七士に敵《かな》うはずもない。

それでも奮戦した者が、四十七士の一人に刀を打ち下ろした。だが、鎖帷子で刃が弾《はじ》かれ、傷つけることはできぬ。

「おのれ！」

蹴り離された吉良の家来は、槍で腹を突かれ、雨戸を突き破って庭に落ちた。

奥へ進む安兵衛の前に、新手の敵が斬りかかる。

安兵衛は刀で受け止め、押し返しざまに袈裟《けさぎ》斬りに倒し、奥から出てきて斬りかかった敵の一刀をかわし、腹を突く。

「どけ！」

怒鳴って押し離し、傷ついた者にはとどめを刺さずに突き進む。

後に続く磯貝は、背後から現れた敵に不意を突かれた。

磯貝のすぐ後ろにいた菅谷半之丞が敵の一刀を受け止めたが、廊下の血で足を滑らせて尻餅をついてしまった。

敵は、菅谷を一刀両断にせんと刀を振り上げる。

磯貝は咄嗟《とっさ》に槍を構え、

「えい！」

その者の腹を突いた。

刀を振り上げていた敵は目を見張り、口から吐血して倒れた。

「菅谷殿、お怪我《けが》は！」

問う磯貝に菅谷は振り向き、

「助かった。かたじけない」

と言い、立ち上がった。

表では、吉良家家老の小林平八郎が配下と共に奮戦していた。

「通すな！　斬れ！」

叫びながら、斬りかかった矢田五郎右衛門の一刀を受け止め、押し返して離れた。

矢田は、横手から斬りかかった小林の配下の刀を受け止め、すり流してつんのめらせ、背中を斬った。その隙《すき》を逃さぬ小林が矢田の背後に迫り、袈裟斬りに打ち下ろした。だが、矢田が着込んでいた鎖帷子により刃が弾かれ、打ち痛めることしかできぬ。

呻《うめ》いて下がる矢田。

小林は斬れぬことに苛立《いらだ》ちの声をあげ、刃こぼれした刀を捨てた。長押《なげし》から槍を取って振るい、斬りかかった近松勘六の一刀を弾き、体当たりしてきた近松ともつれるように庭に落ちた。

両者立ち上がって対峙《たいじ》し、近松が気合をかけて斬りかかる。

小林は切っ先を弾き、鋭く突く。

太腿《ふともも》を貫かれた近松は呻き声をあげ、庭の泉水に落ちた。

槍を振るってとどめを刺そうとした小林であるが、書院を守る配下の断末魔の叫びを聞いて振り向く。そこには、十文字槍を構える片岡源五右衛門がいた。

近松を捨ておいた小林が駆け戻る。

気付いた片岡が吉良の家来から槍を抜き、小林が突き出した穂先を柄で受け流す。

「えい！」

「おお！」

両者気合をかけ、槍を激しくぶつけて闘う。

片岡の右側から斬りかかろうとした吉良の家来が、富森助右衛門の槍に横腹を突かれて倒れた。

これを見た小林が、片岡を睨《にら》んで槍を突く。

片岡は穂先を押さえて畳を突かせた。

敵意をむき出しに小林は睨むが、槍を引き抜こうとしたその隙を逃さぬ片岡が、気合をかけて腹を貫いた。

「うっ」

目を見張った小林は、片岡の槍の柄をつかんだが力尽き、横向きに倒れた。


乱戦の怒号が上がる中、騒ぎを聞いた北隣の武家屋敷から高ちょうちんが上げられ、塀の向こうからこちらに顔を出す者がいた。

表門を守る大石内蔵助はそれに気付き、そばに控える原惣右衛門を見た。

心得ている原惣右衛門は、浪士の肩を借り、痛む足に鞭《むち》打って裏庭に向かった。

時を同じく、裏門を守っていた小野寺十内が駆け付ける。

表門に近い本多《ほんだ》家には原惣右衛門、裏門に近い土屋《つちや》家には小野寺十内が向かい、

「我ら、浅野内匠頭の家臣でござる！　亡君《ぼうくん》の本懐を遂げるべく討ち入りそうろうにて、お構いくだされるな！」

大声で告げた。

母屋の広縁まで出ていた土屋主税《ちから》が、

「ついに来たか」

苦悶の表情で目をつむった。

己の親戚筋である老中土屋相模守《さがみのかみ》は、浅野内匠頭に、勅使《ちょくし》饗応《きょうおう》にかかる費用を抑えるよう命じた。それが発端で、吉良上野介と内匠頭が対立したのではないかと思っている土屋主税は、控えている家老に言う。

「内匠頭殿の遺恨を晴らすために、命を捨てるか。忠臣よの」

家老は、渋い顔で問う。

「このまま見逃せば、後が面倒なことになります」

「誰も手出しはならぬ。ちょうちんを増やしてやれ」

「しかし」

「忠臣の邪魔をいたせば、武門の名折れじゃ。ゆけ」

「はは」

家老は応じて去った。

程なく、塀から顔を出していた土屋家の家臣たちは下がり、かわりに、承知を示すちょうちんの数が増えた。

本多家も同じくちょうちんの数が増やされ、庭が明るくなる。

これに感謝した原と小野寺は、一礼して持ち場に戻った。


屋敷を奥に進んでいた安兵衛と磯貝たちは、襖《ふすま》を開けて奥へと進む。

八畳間を抜けた磯貝が襖に手をかけたその刹那、刀が突き出てきた。危うく腕を斬られそうになった磯貝が下がり、安兵衛たちが刀を向ける。

襖が左右に開けられた。その奥の暗がりに、人影がある。

菅谷半之丞が同志から松明を取って向ける。

明かりに浮き上がったその者は、皆が息を呑むほど美しく、そして精悍《せいかん》な顔つき。

磯貝は、その顔に覚えがあった。

「今井台の坂で大石内蔵助殿を斬ろうとした者か」

男は磯貝を睨んだ。

「あの時、大石内蔵助を斬っておくべきだった。名を聞こう」

「浅野内匠頭側用人、磯貝十郎左衛門」

「吉良上野介用人、清水一学《しみずいちがく》」

名乗った清水は、ゆるりと右足を出して正眼《せいがん》に構えるなり、切っ先をぶれさせず前に出る。

湧き上がる剣気に、磯貝は槍を向けて突く。だが、清水は穂先を押さえて刀身を振るい、喉を狙って突く。

かろうじてかわした磯貝であったが、清水は見もせず刀を振るい、背中を打った。

鎖帷子がなければ、磯貝の命はなかったであろう。

打たれて呻く磯貝は離れ、槍を構える。

清水は、背後から斬りかかった菅谷半之丞の一刀を弾き上げ、胸を蹴る。

飛ばされた菅谷は背中で襖を突き破り、隣の部屋に転がった。

清水は磯貝に向かって迫る。

その前に立ちはだかったのは、堀部安兵衛だ。

「堀部安兵衛が相手じゃ！」

脇構えにて対峙する安兵衛に、清水は鋭い目を向ける。

「相手に不足なし」

そう言うやいなや、猛然と斬りかかる。

安兵衛は一刀を受け止め、押し返して斬りかかった。

刃《やいば》と刃がぶつかって火花が散り、両者肩を当て睨み合う。

安兵衛は清水の刀身を押さえ込んでいる。刃と峰がぎりぎりと音を上げる中、磯貝が横手から槍を繰り出す。だが、清水は咄嗟に脇差しを抜いて払い、そのまま安兵衛を斬らんと振るう。

安兵衛は鎖帷子を着けた右腕で受け止めた。

清水が脇差しを引き、首を狙って突こうとした隙を、安兵衛は逃さぬ。身体を左に転じてかわしざまに刀を振るい、清水の足を斬った。

深手を負いながらも斬りかかる清水の一刀を弾き上げた安兵衛は、

「えい!」

気合をかけ、袈裟懸けに打ち下ろす。

手応えは十分。

呻いて下がった清水は、襖を引いて目隠しした。

磯貝が槍の穂先で襖を開けると、そこに清水はおらず、廊下を逃げる後ろ姿がある。

追おうとした磯貝は、奥の襖に気配を感じて槍を向けた。

安兵衛が磯貝に無言でうなずき、萱谷と並んで刀を構えた。

磯貝がそっと歩み寄り、槍で襖を開けると、中から二人出てきた。

「おのれ!」

恨みの声をあげて磯貝に斬りかかる吉良の家来に、安兵衛と萱谷が一足跳びに斬り抜ける。

胴を払われた二人は、断末魔の悲鳴をあげて倒れた。

松明を向けた部屋の奥に、もう一人いる。火の明かりでぎらりと刃が光り、その者は前に歩む。

構えているのは長刀《なぎなた》。

恐れることなく対峙した若侍は、刀と槍を持って囲む磯貝たちを睨む。

「我は、吉良左兵衛義周！」

上野介の養子で吉良家の当主と知った安兵衛が、磯貝と萱谷に自分が斬ると言い、下がらせた。

左兵衛は横に走り、庭に飛び下りた。

追って出た安兵衛が飛び下りるやいなや、左兵衛は長刀の切っ先を下げ、地を這《は》わせるように迫る。そして、脛を狙って振るった。

その太刀筋は凄《すさ》まじく、安兵衛は横に飛び、辛うじてかわした。

追って振るわれた切っ先が、さらに飛んで逃げようとした安兵衛の足を浅く傷つけた。

痛みに顔をしかめた安兵衛が、両手で刀をにぎって右足を出し、下段に構える。

対する左兵衛は、ふたたび切っ先を地に這わせて迫る。

「やあ！」

「おう！」

安兵衛は斬り上げられた長刀の刃を受け止め、すぐさま刃を左兵衛に向けて柄《つか》を滑らせて迫る。

目を見張った左兵衛は、力を込めて刀身を振り払う。

血で柄が濡《ぬ》れていた安兵衛の手から、刀が飛んだ。

慌てた安兵衛は脇差しを抜き、左兵衛が打ち下ろした長刀を受け止めた。

「やあ！」

気合をかけ、渾身《こんしん》の力で押し切らんとする左兵衛。

両手で受け止める安兵衛は、長身で体軀《たいく》がいい左兵衛に力負けしている。

「む、うう」

頭上に迫る長刀の刃を目前に、安兵衛は必死の形相《ぎょうそう》だ。助けに入ろうとした磯貝に来るなと叫び、腕を右によじって逃れた。勢い余ってつんのめった左兵衛が振り向いた顔に、安兵衛が一太刀浴びせる。

額から血を流した左兵衛が下がり、

「うおお！」

怒りの声をあげて向かってきた。

平常心を失っている左兵衛の攻撃は荒く隙だらけ。安兵衛は突かれた長刀をかわしざまに右手の脇差しを打ち下ろし、左兵衛の背中を斬った。

安兵衛は偶然にも、あるじ内匠頭が吉良上野介に負わせた傷と同じように、吉良家の跡を継いだ左兵衛を斬ったのだ。

だが背中の傷は、左兵衛のほうが深い。

背中から腰のあたりまで切られた左兵衛は呻き、長刀を落として倒れ伏した。

十分な手応えを感じていた安兵衛は、とどめを刺さなかった。

己の大刀をつかみ、磯貝と廊下に駆け上がる。

「吉良の寝所だ」

菅谷半之丞が教えた。

磯貝と安兵衛が入ると、そこに上野介はいない。

「今のあいだに逃げられたか」

安兵衛が言い、捜せと命じた時、茅野和助が機転を利かせて上野介の夜具に手を入れた。

「まだ温かい、近くにいるはずだ」

「行くぞ」

安兵衛が寝所から出た。

茅野は硯箱《すずりばこ》を見つけて駆け寄り、開けて墨をすった。

見ていた磯貝が問う。

「何をする気だ」

「まあ見ていてください」

茅野はたくらみを含んだ笑みを浮かべて墨をすり終え、筆を取った。そして、白無地の襖に向かって立つと、筆を走らせた。

（浅野内匠頭家来　大石内蔵助以下四十七士　寝所まで討ち入り候　上野介逃走にて不首尾）

達筆を見た磯貝が、眉をひそめた。

「どういうつもりだ」

「上野介を見つけられなかった時のためですよ。我らがここまで来たという証です」

茅野がそう言って筆を投げ捨て、寝所から出た。

磯貝が続いて行くと、戸口で清水一学が息絶えていた。

「怪しい物置がある」

外で誰かの声がした。

磯貝は先を急ぐ。すると、土間に下りた同志たちが、物置の前を囲んでいた。

安兵衛が油断なく近づき、物置の戸に手を伸ばして開けた時、中からいきなり斬りかかる者がいた。

辛うじてかわした安兵衛は、一刀で斬り倒し、続けて出てきた者が打ち下ろした一刀を受け止め、腕をつかんで引き離した。

吉良の家臣は、槍や刀を向けられて顔を強《こわ》ばらせている。

矢田五郎右衛門が対峙し、刀を構えた。

吉良の家臣は顔をしかめて、

「おのれ！」

叫んで刀を振り上げた。

矢田は間合いに飛び込み、腹を一閃《いっせん》する。

吉良の家臣は呻き、膝から崩れるように倒れ伏し、息絶えた。

「まだ誰かいるぞ」

不破が言い、刀を構えた。その刀身は、多くの敵を倒したため刃こぼれが激しく、ぼろぼろになっている。

「出てこい！」

大音声で告げ、じり、と詰めた時、悲鳴をあげた女が出てきた。

危うく斬るところだった不破が、舌打ちをする。

「行け！」

女二人は、恐怖に満ちた顔で逃げていった。

不破と安兵衛は、油断せず物置の中を見ている。

磯貝が槍を構え、物置の戸口に近づく。

「待て磯貝、中が見えぬ。誰か、がんどうを持って来い」

安兵衛に応じた者が、強盗《がんどう》ちょうちんに火を灯《とも》して前に出る。

中を照らすと、積み上げられている炭俵の奥で白い物が動いた。

安兵衛が怒鳴る。

「そこの者！　出てこねば火を着けるぞ！」

すると、白い絹の寝間着姿の老人が出てきた。

寒空に、呼子《よびこ》が鳴った。

「御家老、合図です。吉良上野介を見つけた合図です」

表門を固めていた大石は、堀部弥兵衛に言われてうなずく。

小笛が鳴るほうへ急ぎ行くと、気付いた同志たちが分かれてあいだを空ける。

安兵衛が頭を下げた。

「名を問うても、答えませぬ」

物置の前に座らされていた老人が、大石内蔵助を睨んだ。

恐れる様子もない老人に、大石が歩み寄り、落ち着きはらった顔で片膝をついた。

「拙者《せっしゃ》、元赤穂藩国家老、大石内蔵助にござる。吉良上野介殿とお見受けいたすが、間違いござらぬか」

「………」

唇を一文字に引き結び、睨み続ける老人。

大石は、老人の背中に槍を向けている磯貝に顔を向けて、無言でうなずく。

応じた磯貝が、老人の寝間着に手をかけて両肩をはずし、背中を確かめた。磯貝は、込み上げる感情を抑えられず顔をしかめて、うつむいた。

「磯貝、どうじゃ」

大石に問われて顔を上げた磯貝は、涙を堪《こら》えながら言う。

「吉良上野介に、間違いございませぬ」

途端に、上野介は大石に訴えた。

「わしは、内匠頭に何もしておらぬ。奴《やっ》が突然斬りかかったのだ。御公儀の沙汰が何よりの証じゃ」

「お覚悟なされ」

「待て、赤穂に名家老ありと世間に言わせたほどの者が、逆恨みで老人を殺すのか」

「問答無用」

大石は、顔色を変えずに立ち上がった。

その落ち着きように覚悟を見たのか、

「放せ！　ええい、放さぬか無礼者！」

逃れようとする吉良上野介。

大石は脇差しを抜き、振り上げて目を見開いた。

「おのれ上野介、遺恨、覚えたるや！」

上野介は、松の廊下で聞いた内匠頭と同じ言葉に、息を呑んだ。

緊迫の引き上げ

浪士たちは勝ち鬨《どき》をあげることもなく、静かに見守っている。

間十次郎が、上野介が着ていた寝間着の袖を引きちぎり、討ち取った首を包んで槍の穂先に結びつけた。

大石はうなずき、皆に言う。

「火事が起きては赤穂浅野の名折れだ。引き上げる前に火の始末をする」

応じた同志たちは、母屋に戻った。

重傷を負っている者はその場にいたが、もはや抵抗する力はない。軽傷の者、そして闘いに加わっていない者は、間十次郎が吉良の首を掲げているのを見て恐れおののき、逃げていった。

その中で、意識を取り戻した吉良左兵衛は、顔をしかめて呻き、立ち上がった。

家臣たちに逃げるなと叫ぶも、止まる者はいない。

左兵衛は、逃げる一人をつかまえて問う。

「お祖父様《じい》はどうなったのだ」

家臣は、血だらけの左兵衛に悲鳴をあげ、見捨てて逃げた。

「大殿が討たれた。逃げろ！」

遠くからした声に左兵衛は目を見開き、よろよろと歩みを進めたものの、絶望に打ちひしがれ、ふたたび昏倒《こんとう》した。

動かぬ左兵衛を横目に、堀部安兵衛をはじめとする浪士たちは屋敷内に入り、廊下に掛けていた蠟燭《ろうそく》の明かりを消して回り、松明は水をかけて消した。

隣の屋敷が出してくれている高ちょうちんの明かりを頼りに火を消して回った浪士たちは、裏門に集結した。

四十七士が揃《そろ》っていることを確かめた大石は、足に深手を負っている近松勘六と、足をくじいている原惣右衛門の治療と休息をするために、近くの回向院《えこういん》に行くと告げ、裏門から出た。

夜道を歩いていると、先行していた寺坂吉右衛門が戻ってきた。

「回向院の者に声をかけましたが、拒絶されました。夜が明けるまでは、檀家《だんか》以外の者は入れぬそうです」

寺坂の上役でもあった吉田忠左衛門が、大石に言う。

「恐らく厄介事を嫌い、入れてくれないのでしょう。どうしますか」

「まずはここを離れる。誰か、町駕籠《まちかご》を二挺拝借してまいれ」

応じた若い者が走り去った。

大石は、上杉の襲来を警戒した。皆が疲れ果てている今、途中で襲われればひとたまりもない。

そこで、寺坂を呼んだ。

寺坂が歩み寄ると、大石は言う。

「皆聞いてくれ。寺坂は小者ゆえ、死なせるのはしのびない。そこで、この者には伝令を命じる」

「御家老、拙者はどこまでもお供します」

「まあ聞け、寺坂。我らは武運に恵まれ、亡君のご無念を晴らすことができた。誰も命を落とさなかったのは、亡君のお助けがあってのことだ。我らは殿をお守りしにまいるが、お前は生きて、瑤泉院様と大学様に、今日のことを伝えてほしい。皆にも、異存はあるまい」

「生きろ、寺坂」

安兵衛が真っ先に言い、磯貝が続く。

「我らのことを、後世に伝えてくれ」

寺坂は、吉田忠左衛門にすがる目を向けた。

「お頭《かしら》、拙者もお供しとうございます」

すると吉田は、寺坂の肩をつかんだ。

「お前は生きろ」

「しかし、どうせ御公儀に追われます。捕らえられて首をはねられるより、皆様と共に腹を斬りとうございます」

「そのことは心配するな。わしに策がある」

涙を流す寺坂に、吉田が目を赤くして言う。

「これまで、よう仕えてくれた。我らとは別の道をゆくことで、この先世間の者が辛いことを言うかもしれぬ。だが、お前は間違いなく、我らの同志だ。誰がなんと言おうが耳をかさず、誇りを持って生きるのだぞ」

「お頭……」

「我らのことを、奥方様と大学様にお伝えするのだ。上杉の兵が来る前に行け」

吉田に背中を押された寺坂は、笑みを浮かべる大石や同志たちに深々と頭を下げ、暗い道へ走り去った。

大石が、涙を堪えている吉田に言う。

「忠左衛門、助右衛門と共にただちに大目付、仙石伯耆守久尚《せんごくほうきのかみひさなお》殿の屋敷へ走り、ご報告申し上げろ」

「承知」

「屋敷は愛宕下だ。上杉の者に見つからぬよう気をつけるように」

「はは」

吉田と富森は、皆に泉岳寺で会おうと言い、仙石家へ走った。

怪我をしている二人を町駕籠に乗せた大石は、新大橋の東詰めまで行き、来るであろう上杉の手勢を警戒しながら、皆を休ませた。

いっぽう、大石が恐れた上杉家では、桜田《さくらだ》の上屋敷に駆け込んだ商家の者によって討ち入りを知った藩主綱憲が、

「父上をお助けする！」

と叫び、馬廻衆を集めていた。

当番で宿直《とのい》をしていた数名が駆け付けるのを待った綱憲は、羽織袴姿で防具も着けず、刀をつかんだ。

「まいる！」

「はは」

馬廻衆を従えて部屋を出た綱憲の前に、家老の色部が立ちはだかり、両手を広げて止めた。

「行ってはなりませぬ」

「父上をお助けするのだ。そこをどけ」

「どきませぬ。知らせた者の話では、赤穂浪士は百人を超えていると思われます。馬廻の者、いや、上屋敷にいる者のみでは数に劣り、返り討ちにされましょう。急ぎ麻布の中屋敷へ伝令を走らせ、兵を出させますからご辛抱を」

「それでは間に合わぬ。どけ」

聞かぬ綱憲に、色部は前を塞ぎ通さない。

「おのれ……」

綱憲は怒気を浮かべて刀を抜いた。

「殿が駆け付けて討たれれば、恥の上塗りですぞ！」

「負けぬ！」

「どうしても行くとおっしゃるのなら、拙者を斬って通りなされ！」

綱憲は目を見張り、刀を振り上げた。

色部は、覚悟を決めた顔で見上げる。

綱憲は刀を打ち下ろそうとして、躊躇った。

色部がすかさず言う。

「逆らう者を成敗できぬで、どうして浪士どもが斬れましょうや。さあ、斬って通りなされ」

引かぬ色部に、綱憲は再び怒気を浮かべて、更に高く刀を振り上げた。だが、悔しげに目を閉じて下ろし、刀と鞘《さや》を投げ捨てた。

側近の者がすぐさま拾い、鞘に納めて下がる。

そこへ、家臣の肩を借りた者が庭に現れ、綱憲を見つけて駆け寄ると、広縁のそばで四つん這いになり、額を地面に打ち付けた。

「大殿が、討ち取られました」

泣きながら告げたその者は、うずくまって悔しがった。

「父上が……」

綱憲は目を見張り、すぐさま問う。

「左兵衛も死んだのか」

「殿は、堀部安兵衛と勇猛に闘われ、鎖帷子で身を守る相手に押されて深手を負われましたものの、命は助かってございます」

「おのれぇ」

綱憲は、恨みに満ちた目をした。

「赤穂の賊どもは、今どこにおる」

「大殿の首を持って屋敷を引き上げ、新大橋の袂《たもと》で休んでおります」

「我らを待ち構える腹か」

「わかりませぬ」

「浪士どもを皆殺しにしてくれる。色部、見張りを付けよ。急ぎ兵を集めるのだ、急げ！」

「はは！」

色部は浪士たちの動向を探りに人を走らせると共に、配下を中屋敷へ走らせ、そして、上屋敷の者たちに戦支度《いくさじたく》を命じた。

主税を新大橋の中ほどに立たせ、上杉の軍勢を警戒していた大石内蔵助は、東の空を見上げた。

「上杉は、どうしておろうか」

ぼそりと言う大石に、付き添っている菅谷半之丞が答える。

「来るかもしれませぬが、そろそろ発《た》ちませぬと夜が明けます」

「うむ。皆は、休んだか」

「十分にございます」

安兵衛が言って立ち上がると、他の者も続いて立ち上がった。士気はまだまだ高いようだ。

「弥兵衛殿、動けるか」

大石が最年長の身体を気遣うと、堀部弥兵衛が胸をたたいた。

「殿の墓前に、一刻も早う上野介の首を。上杉に奪われぬよう、急ぎましょう」

「よし。ではまいろう。主税、戻れ」

声に応じた主税が、槍を抱えて駆け戻った。

大石は優しい笑みでご苦労と言うと、主税も笑みを浮かべて頭を下げ、隊列を組む皆に加わった。

大石を先頭に、浪士たちは二列縦隊で歩みを進めた。

いっぽう、夜道を走った吉田と富森は、仙石の屋敷に無事到着していた。

知らせを聞き、裏の広縁に出てきた伯耆守の前に歩み出た二人は、片膝をついて頭を下げ、吉田が言う。

「我らは、浅野内匠頭の家来でございます。亡き殿の本望を遂げるため、家臣四十七人が吉良屋敷に推参つかまつり、つい先ほど、吉良上野介殿の首を討ち取りました。御首はただ今、一味の者が泉岳寺に引き取ってございますことを、ご報告申し上げます。なお、四十七人のうち一名、寺坂吉右衛門なる者は、拙者、吉田忠左衛門めの配下でございましたが、討ち入り前に怖気付き遁走《とんそう》してございますゆえ、追っ手をかけることは、何とぞご容赦願いまする。我らこれより泉岳寺に向かい、始末をつけまする。ごめん！」

二人は立ち上がって頭を下げ、驚いて言葉も出ぬ仙石の前から去った。

我に返った仙石は、

「やりおったか」

と言い、すぐに老中へ知らせるべく、屋敷を出た。

仙石が駆け込んだのは、月番老中の稲葉《いなば》丹後守正通《たんごのかみまさみち》の屋敷だ。

報告を聞いた稲葉は、顔を上気させて立ち上がった。

「これはおおごとじゃ、急ぎ城へまいる、そなたも来い」

「お待ちを。上杉家が仇討ちに走るやもしれませぬ。まずは、これを抑えるのが先かと存じます」

「おお、そうだ」

稲葉は下を向いて思案し、程なく仙石に顔を向けた。

「では、高家《こうけ》の畠山下総守義寧《はたけやましもうさのかみよしやす》殿はどうか」

「上杉家とはご親戚ゆえ、きっとお止めくださいましょう」

「よし、すぐに行かせろ」

「はは」

仙石は、同道させていた己の家老を畠山家に走らせ、自身は稲葉に従って城へ急いだ。


その頃、大石内蔵助をはじめ浪士たちは、上杉の追討軍を警戒しながら泉岳寺を目指して歩き、鉄砲洲の上屋敷前まで来ていた。

一同が門前で立ち止まり、内匠頭が暮らした屋敷に頭を下げた。

江戸詰だった者たちの中には、ここで暮らした日々のことを思い出したのだろう、むせび泣く者がいる。特に矢田五郎右衛門は、はばかりなく声をあげて泣いている。

大石は矢田の肩をたたいた。

「気持ちはわかるが、油断するな」

戒められた矢田は、袖で顔を拭い、頭を下げた。

大石が皆に言う。

「泉岳寺へ急ぐ」

「はは！」

浪士たちは声を揃え、歩みを進めた。

この頃には、夜が明けていた。

町中を急ぐ赤穂浪士たちを見た者たちが、仇討ちをしたのだと騒ぎはじめ、後を付いてくる者もいる。噂はすぐさま広まり、汐留橋《しおどめばし》を越え、浜松町《はままつちょう》まで行った頃には、沿道に人だかりができていた。

その中に、阿久利の用人、落合与左衛門を見つけた大石内蔵助は、寺坂が無事知らせたのだと察して小さく頭を下げ、前を向いて進む。

後に続く磯貝は微笑み、涙をにじませて前を向く。

落合は隊列を見送った後に離れて続き、泉岳寺まで付いて行く。阿久利に、すべてを知らせるためだ。

沿道に集まる者たちから賞賛を浴びながら、浪士たちは泉岳寺に到着した。堀部安兵衛たちの家を出てから、二刻半（約五時間）が経とうとしている。

泉岳寺の者たちは、槍の穂先に首を掲げ、返り血を浴びている浪士たちを見て驚きながらも、神妙な態度で中に入れ、すべての門を閉じた。

浪士たちを境内《けいだい》に待たせた大石は、寺男に案内させて住持《じゅうじ》がいる本堂に向かい、中には入らず待った。

出てきた住持を見上げ、

「殿の墓前に吉良上野介の首を供えた後は、一同揃って腹を斬ります。すまぬが弔いを頼みます」

そう言って、頭を下げた。

住持は、寺男に首を洗うための水と桶《おけ》を支度させ、大石の前に下りてくると、文を差し出した。

「瑤泉院様からです」

大石は驚き、文を受け取ってその場で開封した。だが、紙は真っ白で何も書かれていない。

どういうことか、という顔を向けると、住持は穏やかな面持ちで言う。

「討っ手に見つかるといけませぬから、文は隠しました。そのままお聞きください」

阿久利を守るためと察した大石は、うなずいて頭を下げる。

住持は、目を閉じて言う。

「本懐を遂げた後は切腹をするつもりでしょうが、早まってはなりませぬ。神妙に、御公儀の沙汰を待つのです。くれぐれも、くれぐれも、お頼みします」

大石は顔を上げ、住持を見た。

「まことに、奥方様のお言葉ですか」

「いかにも」

大石は、ふっと息を吐き、肩の力を抜く。

「この期《ご》に及んで、奥方様は我らの命乞いまでなさるおつもりか」

「文を届けられた落合様が、瑤泉院様は皆様のことを案じておられるとおっしゃいました」

大石は空を見上げて、きつく瞼を閉じた。

「沙汰に従うのもよかろう」

そう言うと頭を下げ、境内で待つ浪士たちのところに戻ると、内匠頭の墓前に向かう。

寺男が支度をしてくれた桶で浪士たちが首を洗い、墓前に供えた。

順々に焼香をすませ、大石が墓前に合掌した。

「殿、我らの手で吉良上野介を討ち、ご無念を晴らしました」

一同揃って、頭を下げた。

皆その場に泣き崩れ、磯貝十郎左衛門が先頭を切って切腹しようとするが、大石が止めた。

「我らは、奥方様の意に反して吉良の首を取った。最期ぐらいは、言うことを聞こうではないか」

磯貝は唇を噛《か》んで辛そうな顔をして、手の力を抜いた。

脇差しを抜いていた者たちも、黙って鞘に納める。

「そうと決まれば、上杉と吉良の者に討たれまいぞ」

安兵衛が言うと、皆がおう、と答えた。

大石は、門に見張りを立たせて警戒をはじめ、手が空いた者は休ませた。

程なく、寺から粥《かゆ》が出され、激闘を終えて腹を空《す》かしていた浪士たちは交代で腹を満たした。酒も出され、冷える身体を温めるも、軽口をたたく者は一人もいない。皆神妙に、公儀の沙汰を待った。

昼前になった頃、表門を警戒していた者が大声をあげた。

「来たぞ！　討っ手が来た！」

皆が騒然となり、武器を持って門に走る。

だが来たのは、上杉でも吉良でもなかった。

「あれは、大目付の仙石殿だ」

原惣右衛門が言い、手勢を引き連れた仙石が、門前で名乗った。

大石は言う。

「皆武器を捨てよ。門を開けろ」

浪士たちは従って武器を置き、門に向かって座した。

寺男が門を開けると、手勢を連れた仙石が入り、揃って座している浪士たちの姿に驚いた顔をして、すぐに、得心した面持ちをして歩み寄る。

二列横隊で座している浪士たちの中央で、刀を前に置いて座している大石が名乗り、平伏した。

人数を数えた仙石が、大石に言う。

「四十六士、そのほうらは御公儀の沙汰があるまで仙石が預かる。神妙に従え」

「はは」

大石以下、四十六人の浪士たちは揃って平伏した。

赤穂義士

阿久利はお静を下がらせ、一人で部屋に籠《こ》もっていた。

夜が明けぬ庭先に現れた寺坂吉右衛門から、討ち入りの子細を聞いて以後、何も喉を通らなくなっていた。

震える手で走り書いた手紙を託した落合は、泉岳寺に行ったきり、夕方になっても戻らぬ。

寺坂は、この足で広島に向かうと言っていたが、無事に江戸を出ただろうか。

残る四十六士は、今どうしているのか。

何もわからぬことに不安が込み上げ、胸が苦しい。

「奥方様、明かりをお持ちいたしました」

お静が声をかけてきた。

良人の位牌に手を合わせていた阿久利が目を開けて見れば、いつの間にか部屋は薄暗くなっている。

「お入り」

声に応じたお静が障子を開けて頭を下げ、燭台《しょくだい》に蠟燭を刺して種火を移した。

廊下に足音がした。阿久利がそちらを見ていると、落合が部屋の正面に来て片膝をついた。

「ただいま戻りました」

「与左殿、近う」

逸《はや》る気持ちをぶつける阿久利。

落合は中に入って阿久利の前に座ると、辛そうな面持ちで言う。

「吉良上野介殿の首を内匠頭様の墓前に供えた後、浪士の方々は一旦大目付の仙石殿に引き取られましたが、肥後《ひご》熊本藩《くまもとはん》細川家《ほそかわけ》、伊予《いよ》松山藩《まつやまはん》松平家《まつだいらけ》、長門《ながと》長府藩《ちょうふはん》毛利家《もうりけ》、三河《みかわ》岡崎藩《おかざきはん》水野《みずの》家《け》に分かれてお預けとの御公儀の沙汰があり、先ほど、それぞれの屋敷へと連れて行かれました」

「寺坂殿が案じられていた討っ手は、かからなかったのですね」

「御公儀が抑えられたらしく、誰一人、現れておりませぬ。もしいたとしても、お預かりを命じられた四家とも、大人数の手勢を率いて大目付の屋敷へ受け取りに来られましたゆえ、手出しはできませぬ。また、四家の行列は、罪人を運ぶというよりは、敬意がうかがわれました。まことに、武士の誉《ほま》れにございます」

落合は明るい顔で言うが、目には涙をためている。

胸が締め付けられる思いになった阿久利は、

「そうですか」

この一言のみをやっと声に出し、内匠頭の位牌に向かった。

「町では、赤穂浪士を義士だと称《たた》え、大騒ぎにございます」

落合はそう言う。

だが、阿久利の耳には届かない。

「皆は、この先どうなりましょうか」

背を向けたまま問うと、落合は押し黙った。洟《はな》をすする音がして、

「忠義の者たちを、褒めてやってくだされ」

涙声で訴えられた阿久利が振り向くと、落合は平身低頭していた。

阿久利は目をつむった。

「わたくしとて武士の娘。武士は命より、御家の名誉を守るもの、死ぬことを恐れてはならぬのが武士だと、教えられて育ちました。亡き殿も恐らく、御家の名誉を守って吉良上野介殿を討たんとされたのでしょう。果たせなかった殿のご無念を晴らしてくれたことは、嬉《うれ》しく思います。されど、その代償は大きすぎます。ここに記されている方々には、それぞれ大切な家族がいたはず。それを思うと、胸が締め付けられるのです」

阿久利は、大石が磯貝に持たせていた討ち入りの血判状を胸に抱き、唇をかんで落涙した。

落合は平身低頭したまま、むせび泣いている。

「まだ望みはあるぞ」

廊下で声がして、長照が入ってきた。

阿久利は上座を譲り、頭を下げる。

座した長照が、阿久利の手から血判状を取り、目を通して言う。

「今、御公儀は四十六士の処分に揺れているそうだ。老中の中には、四十六士を忠臣と称え、涙を流す者がいたそうじゃ。また、筆頭老中の阿部《あべ》殿は、慶事とまで、おっしゃったらしい」

慶事などであるものか。

他人の絵空事にすぎぬ。

阿久利は震えるこころを抑えて目を閉じ、言葉を飲み込んだ。そして問う。

「そこまでおっしゃるならば、方々《かたがた》をご赦免くださりましょうか」

「わしは、あるのではないかと思うておる。ゆえにそなたも、思い詰めるでない。くれぐれも言うておくが、自害などしてはならぬぞ。そなたには、まだまだすることがあるはずだ」

「四十六士の助命嘆願を、お許しくださいますか」

「それはならぬ。もはや、四十六士の運命は御公儀に委《ゆだ》ねられた。座して待つほかない。わしが申しておるのは、残された家族のことじゃ。もしも四十六士に死罪がくだされれば、息子にも累が及ぶ。妻や娘にも、厳しい暮らしが待っておろう。その者たちの面倒を見ろとまでは言わぬ。だが、忘れてはならぬ。そなたは赤穂浅野家に関わるおなごたちの上に立つ者。自ら命を絶てば、おなごたちが悲しむと知れ」

助命嘆願も、死ぬことも許されぬとなれば、四十六士とその家族のことを想《おも》い続けるしかない。部屋に籠もり、吉報を待つしかないのだ。

長照の言葉が胸に染みた阿久利は、三つ指をついた。

「肝に銘じて、精進いたしまする」

「うむ」

長照は、長い息を吐いた。

「して、早朝に来ておった者は、いかがしておる」

「ご存じでしたか」

「当然じゃ。この血判には四十八人の名があるが、裁かれようとしているのは四十六士。今、どこにおる」

「一人は直前に脱盟し、ここに来た者は、大学殿のもとへ走っています」

長照は驚いた。

「広島へ向かっているじゃと」

「はい」

阿久利の落ち着いた様子に、長照は目を細め、探る面持ちをした。

「大学殿に知らせた後に、自訴して出るのか」

「いえ、生きるよう、大石殿から命じられておりますゆえ、名を伏せ、どこかで暮らしましょう」

「この中の誰だ」

「訊いて、いかがなされます」

「どうもせぬが、知っておきたい」

「まことに、それだけですか」

「案ずるな。わしは、そなたらの味方じゃ」

阿久利はうなずいた。

「寺坂吉右衛門殿です」

血判状に目を向けた長照は、阿久利に顔を向けた。

「この血判状を、そなたの手元に置くのは危ない。どこぞに隠すか、焼いてしまえ」

落合が驚いた。

「御公儀の調べがありましょうか」

「ないとは言い切れぬ。その時のために、ここには置くな」

落合が阿久利に顔を向けた。

「それがしがお預かりいたします」

「今日だけでも、わたくしの手元に……」

「ならぬ。これは、三次だけでなく、御本家の命取りになりかねぬ物だ。四十七士の名を胸に刻み、落合に託せ」

長照にそう言われては、阿久利に逆らうことはできぬ。

「承知いたしました」

もう一度、討ち入った四十七士一人ひとりの名を見た後で、落合に託した。

心配された公儀の調べもなく、三日がすぎた。

今日も内匠頭の弔いをしつつ、四十七士の無事を念じていた阿久利のもとへ、外出していた落合が戻ってきた。

落合は、皆を案じる阿久利のために、四十六士のことを探りに出ていたのだ。

「奥方様、やはり亡き殿は、御家の名を守られた武士の中の武士にございます。吉良上野介に同情する声はなく、殿の仇を討った四十六士は、忠臣と称えられておりまする」

「町の声よりも、皆のことは何かわかりましたか」

「これは町の声ではございませぬ。大名と旗本のあいだに、そういう声が広まっているのです。それを証に、大石内蔵助殿、原惣右衛門殿、片岡源五右衛門殿をはじめとする重臣十七名がお預けとなっている熊本藩の下屋敷では、藩主細川越中守綱利《えっちゅうのかみつなとし》殿が、吉良上野介を討った翌十五日の夜に駆け付けられ、十七人と対面されました」

「それはつまり、越中守殿は、四十六士を罪人と思われてらっしゃらないということですか」

「いかにも。越中守殿は、大石殿たちを忠義者とお褒めになり、赦免された後のことは心配無用、当家に召し抱えたいとまでおっしゃったそうにございます」

「そのことを、誰から聞いたのですか」

「細川家の世話役、堀内伝右衛門《ほりうちでんえもん》殿が教えてくださいました。越中守殿から、さよう心得、義士たちの望みを聞くように、命じられたそうにございます」

阿久利はうなずいた。

「ご温情に、安堵いたしました」

落合が言う。

「殿が、命より御家の名誉を守られたゆえ、人心を引き付けるのです。江戸の町では、義士を称える声が広まり、討ち入りの様子を書いた物まで出はじめています。赤穂浅野と四十七士の名は、後世に語り継がれましょう」

阿久利はうなずいた。

落合がさらに言う。

「細川家では、料理も二汁五菜の御馳走《ごちそう》の上、昼にも菓子が出て、あまりの手厚いもてなしに大石殿は恐縮され、浪人暮らしが長かったゆえ、食べ慣れた鰯《いわし》と麦飯に替えてくれと願われたとか。いやまことに、越中守様の義士に対する熱の入れようは、目を見張るものがございます」

阿久利は希望を抱いたが、同時に、落合の饒舌《じょうぜつ》が気になった。

「御公儀はきっと、お許しくださいましょう。与左殿、そうですね」

目を見て確かめると、落合は途端に、微妙な顔をした。

「与左殿、いかがしたのです」

「実はもう一つ、ご報告がございます」

「何ですか」

「肝心の御公儀ですが、四十六義士処分の議論で揉《も》めているらしく、また年末も迫っておりますから、年内の決着は難しいとのことです」

「そうですか」

細川越中守の手厚いもてなしが浮いて思えた阿久利は、訊かずにはいられない。

「他の三家にとめ置かれている者たちも、細川家のように扱われているのですか」

「それが、そうではございませぬ。三家は細川家と違い御公儀の顔色をうかがい、家臣用の空長屋を修繕して押し込み、食事も粗末な物だそうです。されど、あくまで御公儀に対して気を使っているだけで、本音は、細川家のように手厚くしたいはず。いずれ、良くなりましょう」

気休めだろうと思う阿久利は、寒い目に遭っていないか案じた。

阿久利は知る由もなかったが、細川家は別として、他の三家が公儀に気を使うのは、評定所にて、議論が分かれていたからだ。

赤穂義士たちは、主君のために吉良上野介を討ったのであるから、これを許さぬというのは、先人の教えに背くことになる。義士を罰すれば、世の忠義者のこころを傷つけることになる。

そう主張する者に対し、内匠頭は御法度を破った罪人であるから、罪人のために吉良上野介を討った者たちは義士などではない。内匠頭が切腹させられたことを逆恨みし、凶行に及んだのだから、誅《ちゅう》するべきだと反論する者がいる。

両者の意見は、どちらも正しいということになり、なかなか決まらないのだ。

護持院への呼び出し

落合が阿久利に報告をした日から三日がすぎた。

江戸城では、御用部屋を訪れた評定所からの使者に対し、柳沢吉保《よしやす》（保明）が苛立ちを露《あら》わにしていた。赤穂浪士の処分について今日も意見が分かれてしまい、決まらなかったからだ。

「何をもたついておるのだ」

「評定所の面々には浅野寄りの者が多く、誅すると唱える者を説得しているとのことです」

そう報告した配下の者を、柳沢は睨んだ。

「徒党を組んで討ち入った者を許せば、内匠頭を切腹させた上様の御意向に反するというのがわからぬのか」

「そう主張する声もありましたが、忠義をないがしろにすれば、それこそ上様が反感を買う、ここで慈悲を示せば、世間は上様を名君だと……」

「ええい黙れ！」

「はは」

平伏する配下に怒りをぶつけた柳沢であるが、すぐに冷静さを取り戻し、考える顔をした。

「世の中の声を気にしていたのでは、国を治めることはできぬ。評定所が決めやすいように、わしが手を貸してやろう」

配下は顔を上げた。

「何を、なさるおつもりですか」

「四十六士が内匠頭に対する忠義ではなく、私怨で上野介を討った証を立てればよいのだ。公儀に対する、私怨でな」

その真意を測れず首をかしげる配下に、柳沢は含んだ笑みを浮かべた。


激動の元禄十五年も、残すところ三日となった。

堀部安兵衛と大石主税がとめ置かれている松平隠岐守《おきのかみ》の中屋敷では、細川家に倣《なら》って義士たちの扱いを改め、手厚くもてなすようになっていた。

そう阿久利に報告した落合は、渋い顔で続けた。

「残るは、毛利と水野です。特に毛利は、義士を上屋敷に預かっておりますから、融通が利かぬ藩侯の目を盗んでもてなすことができるはずもなく、世間から批判を浴びているそうです」

「どうして、世間が知っているのです」

お静が訊くと、落合は顔を向けた。

「ご家来衆が漏らしたか、あるいは出入りの商人が知ったのであろう。義士を賞賛する者たちは、罪人扱いされるのが許せぬから、毛利を批判しておるのだ。これで、少しはましな扱いをしてくれるとよいのだが」

「世間の声を、御公儀はどう受け止められようか」

阿久利が問うと、落合はますます渋い顔をした。

「聞いてくれるとよいのですが、今どうなっているのか、まったくわかりませぬ。細川家の者も、わからぬと言うておりました」

「そうですか」

肩を落とす阿久利を案じるお静の背後に、侍女が来て何かを告げた。

お静が阿久利に言う。

「仙桂尼様がまいられました」

「すぐ通しなさい」

応じた侍女が下がり、程なく来た仙桂尼は、阿久利の前で頭を下げた。

不安そうな顔を見ていた阿久利が問う。

「何か、ありましたか」

頭を上げた仙桂尼は、うつむき気味に答えた。

「柳沢様が、奥方様を護持院にお召し出しにございます」

阿久利は、悪い予感がした。

「討ち入りのことですか」

「はっきりそうとはおっしゃいませぬ。お会いして問いたいことがあると、仰せでございます」

落合が口を挟んだ。

「討ち入りのことを訊くなら、評定所が呼び出すはず。奥方様、これは何かありますぞ」

「されど、柳沢殿の呼び出しはわたくしにとって願ってもないこと。直《じか》に、四十六士の助命嘆願をいたしましょう」

「しかし、悪《あ》しき策によるものなら危のうございます。仙桂尼殿、お断りできぬか」

「まいります」

阿久利はそう決めて、仙桂尼に問う。

「いつですか」

「こちらに合わせると仰せです」

「では、明日巳《み》の刻（午前十時頃）といたしましょう」

「かしこまりました。これよりお返事をしにまいりますゆえ、これにてご無礼をいたします」

「よしなに頼みます」

帰る仙桂尼を門まで送ると落合が言い、共に出ていった。

阿久利の耳に届かぬところで、落合は足を止め、仙桂尼に言う。

「危ないとは思わぬか。わしは、よい気がしない」

「わたくしに万事おまかせください」

「何をする」

「思うところがございますが、今は申せませぬ」

仙桂尼は、見送りはここまででいいと言い、帰っていった。


翌日、護持院を訪ねた阿久利は、付き添ってきた落合とお静の同行を許されず、一人で案内された部屋に入った。

書院造りの部屋は広く、手入れされた庭は見事だった。

眺める余裕など阿久利にあろうはずもなく、下座に正座し、待ち続けた。

柳沢が現れたのは、約束の刻限通りだった。

頭を下げる阿久利を見つつ上座に立った柳沢は、面を上げよと言う。

応じた阿久利の顔を、柳沢は厳しい目でじっと見つめている。

阿久利が黙っていると、柳沢は座るなり、その厳しい眼差《まなざ》しのまま告げた。

「此度《こたび》は、とんでもないことをしてくれたのう。浅野の御家再興が叶《かな》わなかった腹いせに、大石どもに討ち入りを命じたのであろう」

「そのようなこと、断じてございませぬ」

阿久利は三つ指をついた。

「どうか、四十六士の忠義に免じて、命ばかりはお助けくださいませ。このとおりでございます」

平身低頭して懇願する阿久利に、柳沢は含んだ笑みを浮かべた。すぐに真顔となり、厳しい口調で言う。

「徒党を組んだ者どもは、内匠頭がやり残したことを果たしたと、いかにも忠臣らしいことを申したそうだが、そもそも吉良殿は、松の廊下でいきなり斬りかかられて被害を被った者。これを仇だと決めつけて襲うた罪人どもを、どうして許せようか」

阿久利は、胸をえぐられるような悲しみが込み上げ、数珠《じゅず》をにぎりしめた。

柳沢が言う。

「だが、助ける手が一つだけある」

「それは、いかなることですか」

すがるように問う阿久利に、柳沢は哀れみを含んだ眼差しを向けた。

「そちが吉良上野介を恨み、大石に命じたことと認めよ。さすれば、四十六士は忠義の者として、命を助けよう」

阿久利は、柳沢を睨んだ。

「わたくしが認めれば最後、それを理由に三次藩を潰《つぶ》す腹でございましょう。さらには広島の御本家にも縁坐《えんざ》を申し渡し、領地を召し上げるおつもりですか」

柳沢は高笑いをした。

「愚かなことを考えるものではない。そなたの小さな命一つで、町民どもが言う義士たちの命が救えると申しておるのだ」

阿久利は、ずっと胸にある疑念をぶつけることにした。

「一つ、うかがいたきことがございます」

「なんだ」

「上様は何ゆえ、内匠頭の言い分を聞こうとされず、即日切腹をお命じになられたのですか」

「わしが進言申し上げたからだ」

阿久利は目を見張った。

「何ゆえに……」

阿久利は柳沢に睨まれ、声に詰まった。

黙る阿久利に、柳沢は問う。

「わしが憎いか」

阿久利は下を向いた。

「滅相もないことです」

「では、進言申し上げた理由を知りたがるわけを申せ」

阿久利は言葉を選んだ。

「上様の御意ではなく、柳沢様の一存で大名を罰せるのか、そこが知りたいのでございます」

柳沢は真意を探る顔を向けてきた。

阿久利は目を見返す。

「ご返答を」

すると柳沢は、ふっと、笑みを浮かべ、

「用心深い者よ」

そう言うと、真面目な顔をして続ける。

「できるはずもなかろう。内匠頭の切腹は、上様のご意志じゃ」

阿久利は視線を下げた。

「内匠頭の申し開きを許されなかったのは、何ゆえですか」

「上様と桂昌院様が激怒されたのだ。聞いたところで許されるはずもない。本来なら打ち首に処されても文句が言えぬところを、わしが切腹にもっていったのだ。ありがたく思われるぶんにも、恨まれるいわれはない。内匠頭は、それだけのことをしでかしたのだ」

阿久利はふたたび、柳沢の目を見つめた。

「切腹は慈悲だとおっしゃるなら、何ゆえそうしてくださったのですか」

「武士の情けに決まっておろう」

「まことに、そうでしょうか。内匠頭が刃傷《にんじょう》に及んだ理由に、心当たりがあるからではございませぬか」

柳沢は頰を引きつらせた。

「言わせておけば、ぬけぬけと」

「平にご容赦を。良人が何ゆえ刃傷に及んだのか、知りたいのでございます。どうか、お教えください」

「わけを訊かずに切腹させたと思うておるなら大間違いだ。内匠頭は、尋問した大目付と目付に何一つ答えなかった」

「日を空ければ気持ちが落ち着き、神妙にお答えしたはずにございます。言われては不都合なことが、あったのではございませぬか」

柳沢は阿久利を睨んだ。

「そなた、何が言いたいのだ」

「ただ、真《まこと》を知りたいのみにございます」

「わしが知るはずもなかろう。唯一知っておる上野介殿を旧臣どもが殺したのは、内匠頭の恥を守るためではないのか」

阿久利は目を見開いた。

「死人を、愚弄なさいますか」

「そなたは内匠頭と仲睦《なかむつ》まじかったそうだが、まことであれば、上野介殿を恨む理由を聞いていたはず。上野介殿も、内匠頭も、刃傷沙汰になった理由を口にせぬままこの世を去ってしもうた。今後同じことが起きぬようにするためにも、是非、理由を聞かせてもらいたい」

はぐらかしているのか、それとも、ほんとうに知らないのか。

心底が読めぬ阿久利は、あきらめるしかなかった。

うつむく阿久利を見据えた柳沢が、唇に笑みを浮かべて言う。

「いずれにせよ、もうすんだことはどうにもならぬ。そなたが吉良を討てと命じたとしても、三次と広島に累が及ぶことはない。四十六士の命を助けたいなら、仇討ちを命じたと言え」

柳沢を信じられぬ阿久利は、迷った。

「拒めば、いかがなりますか」

「徒党を組んで直参《じきさん》旗本に押し込んだ賊どもは、斬首の上晒《さら》し首にしてくれる」

「賊として、罰すると言われるか」

「なんだその目は。わしを誰と心得る」

阿久利は目をつむり、うつむいた。

「わたくし一人の命で、四十六士をお助けくださいますか」

「わしの気が変わらぬ前に、仇討ちを命じたと認めよ」

「縁坐はないと、お約束くださいますか」

「くどい」

皆の命が救えるなら、と思い認めようとした時、

「まことに、さようなことができるのか」

そう言って、桂昌院が現れた。

仙桂尼が続いているのを見て、柳沢が、いらぬことを、という顔をするも、桂昌院に上座

を譲り、頭を下げる。

上座に立った桂昌院が、柳沢を見下ろして言う。

「上様は、四十六士の処遇についてお悩みじゃ。大奥に渡られても、そのことばかりを考えておられる。そなたがここで瑤泉院殿に申したことは、上様の思《おぼ》し召しか」

「そ、それは……」

「やはり、そなたの独断か」

「………」

「よいですか柳沢殿、瑤泉院殿が御家再興を望まれたのは、赤穂の者たちに討ち入りをさせまいとしてのこと。家臣たちの命を助けたい一心じゃ。されど、それは叶わなかった。上様がご決断なさったからじゃ。そなた一人の一存で、四十六士の命を救えるのか」

「それがしはただ――」

「もうよい」

「はは」

「上様は、さるお方にご相談なされることを決められた。もはやそなたがどう策を講じようとも無駄なことじゃ。下がれ」

柳沢は恐れた顔で頭を下げ、阿久利とも、仙桂尼とも目を合わせることなく、逃げるように出ていった。

一つ息を吐いて正座した桂昌院は、頭を下げる阿久利に言う。

「このようなことになり、すまなかったと思うている。御家再興の力になれなかったことは、心残りじゃ。されど、これで終わりではない。この先も、できうる限りのことは力になりますから、こころ穏やかにおすごしなさい」

桂昌院に優しくされて、阿久利は複雑な心境になった。

片手落ちの罰を与えさえしなければ、吉良上野介にも切腹を命じていれば、討ち入りはなかった。

だが、今さら恨み言を並べても、どうにもならぬ。

阿久利は平身低頭して懇願する。

「四十六士は決して、片手落ちを正そうとしたのではございませぬ。亡き内匠頭がやり残したことを代わりに果たしたまで。どうか、武士の忠義に免じて……」

「出すぎてはなりませぬ」

言わせてくれぬ桂昌院は立ち上がり、阿久利の前に来て正座し、そして、手を取って頭を上げさせた。

「もはや、殿方に委ねるしかないのです。そなたができることは、四十六士の家族たちを案じること。それについては、力になりましょう」

長照にも言われた言葉に、阿久利は初めて、桂昌院の慈悲に触れた気がした。

「起きてしまったことは、もう取り返しがつかぬこと。どのような沙汰がくだろうと、潔く、神妙にしなければなりませぬ。その点で、内匠頭殿は立派な武士でした。四十六士が、腹いせで吉良殿を討ったのではないことは、内匠頭殿を知る者はようわかっているはず。それゆえ上様は、法と情けの間《はざま》で悩んでおられるのです」

その言葉を、内匠頭に死を命じる前に聞きたかった。

怒りの感情のままに即日切腹を命じていなければ、殿が上野介を斬った理由を調べていれば、多くの者が命を失い、傷つかずにすんだのではないか。

されど今となっては、詮無いこととあきらめるしかない。

これまで胸の中で、何度同じ言葉を繰り返してきたことか。

「悔しゅうございます」

精一杯の、恨み言だった。阿久利が眼差しを上げると、桂昌院は神妙な面持ちでうなずいた。

「屋敷に帰り、四十六士の沙汰を待ちなさい。忠臣を死なせとうない気持ちは、わたくしも同じ。上様とて、きっと……」

桂昌院は明言を避けたが、きっとお助けくださるはず、そう言わんとしたに違いないと取った阿久利は、信じて頭を下げ、護持院を辞した。


大晦日《おおみそか》の早朝に訪ねてくれた仙桂尼に、阿久利は三つ指をついた。

驚く仙桂尼に、阿久利は言う。

「あの場に桂昌院様をお連れくださらなければ、わたくしは、柳沢様の言いなりになるところでした」

仙桂尼は阿久利の手を取り、頭を上げさせた。そのまま手をにぎり、阿久利を気遣う面持ちで言う。

「柳沢様は、恐ろしいお方にございます。桂昌院様がお助けくだされたことで、他の策を講じられるかもしれませぬ。次に呼び出しがあった時は、くれぐれも、お気をつけください」

これには落合が驚いた。

「またあるのか」

「わかりませぬ」

「どうでも、奥方様が仇討ちを命じたことにしたいようだが、まことに、四十六義士の命を救いたいがためだろうか。どうも、裏があるような気がしてならぬ。奥方様が感じられたとおり、広島と三次を狙うているに違いない」

阿久利は落合を見た。

「与左殿、そのことはもうよいのです。ふたたびお目にかかっても、口車には乗りませぬ」

「それを聞いて安堵いたしました。ではそれがしは、義士の様子を訊いてまいります」

「頼みます」

落合を見送った阿久利は、仙桂尼を茶に誘い、自らたてた。茶碗《ちゃわん》を差し出し、改めて問う。

「与左殿にはあのように言いましたが、わたくしはずっと考えていました。柳沢様は、上様に言上されるほどのお方。おっしゃるとおりにしていれば、今頃、四十六士は放免されたのではないかと」

　仙桂尼は首を横に振った。

「護持院で桂昌院様がおっしゃったように、たとえ奥方様がお認めになられていても、柳沢様お一人ではどうにもできぬことかと存じます。護持院でのことはどうかお気になさらず、お忘れくださいさい。柳沢様の真意を探らずお取り次ぎしたわたくしが、愚かでした」

「そなたのせいではない」

　阿久利が手を取って頭を上げさせると、仙桂尼は目を見てきた。悲しげな目をしている。

「何か、悪い知らせがあるのですか」

　不安を隠せぬ阿久利の問いに、仙桂尼はうつむいて言う。

「上様は、桂昌院様から護持院でのことを聞かれたにもかかわらず、柳沢様をお咎《とが》めになりませぬ」

「わたくしのことなどで、遠ざけたりはされないでしょう」

「評定所では、四十六義士を生かすべきだという声が高まっているようですが、上様は、まだ決断されませぬ」

「桂昌院様がおっしゃっていたさるお方と、決められるということですか」

「おそらく」

「さるお方とは、どなたですか」

「桂昌院様は、お教えくださいませぬ。ご決断を不服とする者から、その御仁《ごじん》を守るためのご配慮かと」

生かせば上杉と吉良が、死を命じれば赤穂の者たちが目を向ける。

そう思う阿久利は、名を明かさぬことに納得し、気が重くなった。

「もはや、座して待つしかないのか」

ぼそりと口に出す阿久利に、仙桂尼は神妙な顔でうなずいた。

しばし沈黙が続き、部屋には、茶釜に湯が沸く音だけがしている。

仙桂尼は茶碗に手を伸ばし、ゆったりとした仕草で茶を飲み、そして、畳に置いた。

茶碗を引き取った阿久利は湯で洗い流し、布で拭きながら、つい、思うことをこぼした。

「殿は、真《ま》っ直《す》ぐで、清らかなおこころのお方でした。ご先祖から受け継いだ家名を守ることに懸命で、清廉潔白を貫かれ、火消しの役目を仰せつかった時は、江戸の町を守ることに心身を砕いて当たられました。それゆえに、家臣に厳しくされることもありました。その殿が、理由もなく刃傷に及ばれるとは思えませぬ。されど、誰も知らないという。吉良殿を討ち取った四十七士の方々も、まことに知らぬのでしょうか」

仙桂尼は、茶碗を拭く手を止めて見つめている阿久利の手に、そっと手を添えた。

「奥方様の胸のうちにおられる内匠頭様が、まことのお姿にございます。刃傷に及ばれた理由をおっしゃらなかったのは、吉良寄りだった柳沢様をはじめ、御公儀に訴えたとしても、釈明にしか取ってもらえぬからでしょう。釈明が命乞いと取られれば、赤穂浅野の家名に傷が付くと、お考えであったのではないかと」

阿久利はきつく瞼を閉じた。

「知りたいと思うのは、いけないことでしょうか」

「知らずとも、よろしいではございませぬか。憎き上野介が討たれた今、真相は藪《やぶ》の中。知ってもどうにもならぬことであれば、苦しまれるのは奥方様にございます」

気遣ってくれる仙桂尼にうなずいた阿久利は、深い息を吐いた。

「そなたの申すとおりかもしれませんね。何も語られなかった殿の御意向に沿い、もう二度と、真相を探りませぬ」

「それがよろしいかと存じます」

「後は、四十六士の御赦免を願うのみ。上様は、忠義に免じてお助けくださりましょうか」

阿久利の問いに、仙桂尼はうなずいた。

「そう信じています。これより寺に戻り、御仏に願いまする」

「仙桂尼殿」

「はい」

「わたくしもまいり、願いとうございます」

仙桂尼は、阿久利の手を膝に戻し、添えたまま案じる顔で言う。

「眠られていないご様子。どうかお信じになって、少しでもお休みください」

身体を心配してくれる仙桂尼に、阿久利は無理を言えなかった。

仙桂尼は頭を下げ、辞去した。

義士の息子

落合与左衛門は、大石内蔵助や磯貝十郎左衛門たちが預けられている細川家を訪ねたが、中に入れてもらえるはずもなく、門番に袖の下を渡し、世話役の堀内伝右衛門を外に誘い出した。

「落合殿、こういうのは、困りますぞ」

阿久利の用人だけに、義士たちに文でも届けてほしいと堀内は思ったらしい。

落合は訪ねたわけを話した。

「方々のご様子を我があるじにお知らせしたく、ご迷惑と思いながらご無理を申しました」

すると堀内は、なんだそうでござるか、と安堵し、人なつこい笑みを浮かべた。

凍える北風が身にしみる中、落合と堀内は表門からやや離れたところにある辻《つじ》灯籠の横で話をした。

大石内蔵助をはじめ、細川家に預けられている十七人の義士たちは書院の間に置かれ、公儀の沙汰を神妙に待っているという。

頻繁に訪れて尋問していた大目付や目付たちも、包み隠さず話す義士たちから聞き出すことがなくなったとみえて、今は来なくなり、静かなものだという。

語り終えた堀内は、真剣な眼差しを向けてきた。

「義士の方々には、どのような沙汰がくだりましょうや。三次藩には、御公儀から話がありましたか」

落合は首を横に振った。

仙桂尼から聞いたことは、義士たちの耳に入らぬほうがよいと思い、教えなかった。

「奥方様はただただ、四十六義士が許されることを願うておられます」

「さようでございますか」

「堀内殿、いかがされました」

堀内は、物悲しげな面持ちで言う。

「うまく言葉にできませぬが、大石殿をはじめ義士の方々は、なんと申しますか、お美しいのです」

「美しい？」

「いや、言い方が違いますな。清《す》んだ目をしておられるというのが、正しい表現でしょう。それがしはこれまで、あのような目をされるお方を見たことがありませぬ。しかも、皆様が同じで、迷いがないと申しますか、死を覚悟した者は、あのような目になるものなのかと、我ら細川の者は言うておるのです」

落合は、最後に見た内匠頭のことが頭に浮かんだ。

「わかります。それがしも、一度だけ見たことがあります」

「それはもしや、内匠頭殿ですか」

落合はうなずいた。

「あの日、屋敷をお出かけになられる時のお顔は、今も忘れられませぬ」

「さようでございましたか」

納得したような顔をする堀内に、落合は言う。

「気になるのは、方々のことです。討ち入りは死を覚悟してのことでしょうが、瑤泉院様は、切腹を止められました。決して刃物を渡さぬように」

「それはご安心ください。大石殿が、方々に自害を禁じているとおっしゃいましたから」

「しかし、沙汰が長引けばわかりませぬ。出すぎたことを申しますが、くれぐれも、ご用心を」

「おまかせあれ。時に、他の三家にはまいられましたか」

「今朝、行ってまいりました」

「では、主税殿のご様子をお教えください」

「大石殿から、頼まれましたか」

「いえそうではありませぬが、主税は神妙にしておろうかと、ご子息のことを案じておられますから、様子がわかればお伝えしたい次第」

堀内の真心に触れた落合は、頭が下がる思いとなった。

「主税殿は、堀部安兵衛殿から可愛がられ、また松平家の者たちからもよくされて、落ち着いておすごしです。十六歳とは思えぬ侍ぶりだそうで、松平家の方が感心しておられました」

「それをお知りになれば、大石殿は喜ばれましょう」

「では、よしなに」

辞去しようとした落合の目に、門に歩み寄る男児がとまった。

小袖に袴を着け、脇差しを帯びている男児は武家の子。歳《とし》は十《とお》ほどだろうか。

気付いた門番が出て、男児を止めた。

「これこれ、ここは子供が来るところではない。帰りなさい」

門番が追い返そうとしたが、男児は頭を下げて言う。

「こちらに、旧赤穂藩馬廻役、矢田五郎右衛門はいますか」

神妙かつ、大人びた態度に、門番の二人は驚いた顔をした。

落合はその子を知っていた。

江戸定府だった矢田五郎右衛門は、妻子と鉄砲洲屋敷の長屋で暮らしていたからだ。

「作十郎《さくじゅうろう》か」

声に顔を向けた男児が、真面目な顔で頭を下げた。

落合は歩み寄り、肩をつかんだ。

「おい、しばらく見ぬうちに大きくなったな。父に会いとうて来たのか」

作十郎は、唇を引き結んだ顔を上げ、うなずいた。

まだ九歳だ。父がしたことを理解していないのかもしれぬと思う落合は、堀内に向く。

「どうにかなりませぬか」

堀内は困惑した表情を見せる。

「それだけは、ご勘弁を」

「やはり、難しいか」

「御公儀の耳に入れば我らのみではなく、お子にもお咎めが及びます」

すると作十郎が、堀内の前に来て、折り目正しくあいさつをし、そして言う。

「父のご様子のみ知りたいと思いまいりました。怪我をしておりましょうか」

「いや、怪我もなく、すこぶるお元気ですぞ」

すると作十郎は安心したのか、緊張していた表情をゆるめ、笑みを浮かべた。

笑った顔は、無邪気な子供だ。それだけに、落合や大人たちの胸を打つのである。

早くも目を潤ませている堀内が、作十郎と同じ目の高さに合わせてしゃがみ、着物の袂から白い紙の包みを出して見せた。

「金平糖《こんぺいとう》を食べるかい」

紙を広げてやると、作十郎は素直に一粒取り、頭を下げた。

「かたじけのうございます」

落合が問う。

「作十郎、今はどこで暮らしている」

「伯父上のお世話になってございます」

「旗本の岡部《おかべ》殿か」

「はい」

「そうか。では安心だな。今日は、黙って勝手に来たのではあるまいな」

作十郎は、下を向いて閉口した。

わかりやすい態度に、落合は微笑む。

「迷わずよう来たな。屋敷は近いのか」

「細川様を知らぬ者はおりませぬから、訊きながらまいりました」

「父上に似て利発な子だ」

「落合様……」

「うん」

「父は、どうなりますか」

返答に困る落合を、作十郎はじっと見てきた。

「伯父上にお訊ねしても、お教えくださいませぬ。父は死罪になるという者がおります。まことでしょうか」

「それを知りたくて、ここまで来たのか」

「いえ、死罪になるなら、その前に父にお伝えしたかったのです」

「何を伝えたいのだ。それがしが承《うけたまわ》ろう」

堀内が言うと、作十郎は正面に立ち、頭を下げた。

「では、お願いします。作十郎は、父を誇りに思うています、そうお伝えください」

堀内は眉尻を下げて笑みを浮かべた。

「お伝えするが、まだ死罪と決まったわけではない。少々、気が早いぞ」

「では、許されるのですか」

「それもまだわからぬが、願うていなさい。御赦免になれば、我が殿が父上を召し抱えると仰せになったほどゆえな」

作十郎は目を輝かせてうなずいた。

「さ、これを持って帰りなさい」

堀内は金平糖の包みを渡し、頭をなでた。

落合が送って行こうと言ったが、作十郎は一人で帰れますと言って頭を下げ、足早に去った。

見送った堀内が、ぼそりと言う。

「さすがは矢田殿のお子だ。しっかりしていますな」

落合は黙ってうなずき、作十郎の小さな背中が見えなくなるまで見送った。

戻った落合から作十郎のことを聞いた阿久利は、縁側に出て、灰色の空を見上げた。

雪が降るのだろう。身を刺すような冷たい風が吹いている。

「この寒空の下を、九歳の子がどれほど歩いたのでしょうか」

「それがしは岡部家の在所を存じませぬが、作十郎は疲れた様子はなく、頰も赤くなっておりませんでしたから、近いのかもしれませぬ」

「それならばよいのです」

「身なりも正しく新しい物を着けておりましたから、岡部家で肩身が狭い思いをしているようには見えませぬ。ご安心なさってよろしいかと存じます」

「そうですね」

阿久利は、作十郎の前途が平坦《へいたん》な道であることを願い、振り向いた。

「与左殿、他の者たちのことも知りとうございます」

「承知しました。手を尽くして調べまする」

「そなたには、苦労をかけます」

落合は困惑した面持ちを向ける。

「奥方様、どうか、それがしのことにまでお気を使わないでくだされ。昨夜もお眠りになれなかったご様子だと、お静が案じておりました。お身体に障りますから、どうかおこころ静かに、お休みください」

「今宵《こよい》は、気分が落ち着く薬湯をいただくことになっていますから、よく眠れるでしょう。与左殿も、今日はもう下がってお休みなさい」

「はは、では、これにて」

辞去する落合を見送った阿久利は、部屋に入って障子を閉め、独り位牌の前に座して手を合わせた。

鉄砲洲の屋敷で家臣たちの子を見たことがある阿久利は、おそらく作十郎も見ているはず。面と向かって話をしたことがなく、どの子だったか名と顔を合わすことはできぬものの、藩士たちの子供は皆、可愛らしかった。

目を閉じ、落合から聞いた利発な男児の顔と姿を想像し、次に思うのは我がこと。良人との子宝に恵まれなかった悲しみは、ずっとこころの底にある。可愛い嗣子に恵まれていたなら、あるいは内匠頭は、いかなる屈辱にも耐え忍び、命を捨てて刃傷に及ばなかったのではないか。

だがその思いは、すぐに霧散《むさん》した。

たとえ子があろうと、武士である良人はおそらく、御家の名誉を守ったに違いない。いったい何があったのか、今となっては知ることができぬ。だが、良人の真心を信じる阿久利や、主君の正義を信じる家臣たちの気持ちは、誰にも止められぬ。

吉良家の家臣たちは気の毒だが、あるじ同士が相反してしまったことが、家臣たちの未来を、御家の繁栄を断ち切ってしまったのだ。

忠義を貫いた四十七士は、武士の鑑《かがみ》。だが、あるじや良人、父を失って悲しむ者は大勢いる。このような悲しみは、もう繰り返してはならぬ。

されど、座して沙汰を待つことしかできぬ。

己の無力さに怒りが込み上げ、どうにもならぬはがゆさに唇を嚙んだ。

位牌を見上げ、きつく瞼を閉じた。

「殿……」

何ゆえ、ご辛抱してくださりませなんだか。

寂しさと悲しみが込み上げた阿久利は、その場にうずくまり、むせび泣いた。

迷う将軍

将軍綱吉は、護持院での一件以来遠ざけていた柳沢吉保の、年賀のあいさつを受けた。

顔色をうかがう柳沢は、四十六士のことに口を出さぬ。

早々と辞去しようとしたのを呼び止めた綱吉は、近くに座らせ、切り出した。

「細川越中をはじめ、多くの大名から、赤穂義士の助命嘆願が届けられておる。余はこれを無視できぬ。四十六士を生かす道はないか」

柳沢はしばし沈黙して考える顔をしていたが、綱吉の顔を見て両手をついた。

「瑤泉院殿を護持院に呼び出したこと、改めてお詫び申し上げます」

「そのことはもうよい。それより、訊いたことに答えよ」

「おそれながら、桂昌院様からご助言はございましたか」

「赤穂義士のことは、口出しを控えておられる。ただ、かの者たちの家族のことは、瑤泉院の望むままにしてほしいとはおっしゃった」

「さようでございますか」

「そちの考えを聞かせよ。生かす道はあるか」

「一つしかありませぬ。瑤泉院殿が仇討ちを命じたことにすればよろしいかと」

「それは言うな」

「上様……」

柳沢は顔色をうかがい、進言しようとするが、綱吉が先に言う。

「広島藩浅野には、初代藩主に家康《いえやす》公の三女振《ふり》姫が輿《こし》入《い》れして以来、徳川宗家の血が引き継がれている。そちは、その家を潰したいのか」

柳沢は平伏した。

「滅相もございませぬ」

「では、何ゆえ瑤泉院を護持院へ呼びつけ、あのようなことを申したのじゃ」

「それがしはただ、瑤泉院殿の命と引き換えに、四十六士を救いたいと思うたまでにございます」

綱吉は、探る目を向けていたが、眼差しを下に向けて一つ息を吐いた。

「これまでの働きに免じて、そういうことにしてやろう。だが大目付の調べで、大石内蔵助なる者の首謀で討ち入ったことは明白じゃ。三次も広島も、この件には一切関与しておらぬ。よってこれ以後、瑤泉院に関わってはならぬ。よいな」

「仰せのままにいたしまする」

「よい案が出るかと思うたが、残念じゃ。下がってよい」

「はは」

柳沢は神妙に応じ、部屋から出ていった。

赤穂四十七士が吉良を討ち取ってからというもの、柳沢にはどこか覇気がない。

江戸市中に広がる赤穂贔屓《びいき》と、内匠頭を片手落ちに罰した公儀に対する批判が、即日切腹を進言した張本人である柳沢を動揺させているに違いない。

柳沢を頼りにしていた綱吉とて、内匠頭の釈明を聞くべきであったと後悔しているからこそ、赤穂義士が吉良上野介を討ち取ったと聞いた時、思わず、あっぱれな忠臣どもじゃと、声をあげた。

同時にそれは、己の非を認めたことになる。

柳沢と吉良が、内匠頭を追い詰めたのではないかという大目付の報告があったが、その時にはすでに、内匠頭はこの世を去っていた。

生真面目《きまじめ》に、老中から告げられた饗応にかかる予算削減に取り組んでいたことを聞いた時は、吉良上野介がうまく立ち回り、己の私腹を肥やし、思うままにしていた腹黒さに怒りを覚えた。

柳沢と吉良は、内匠頭に何をして追い詰めたのか。

大目付に命じて調べさせたが、真相は藪の中。だが、細川をはじめ諸大名の四十六士助命嘆願に対し、吉良方の助命を願う声はあがらぬ。これを見ても、内匠頭を恨んで片手落ちの罰を与えたことは間違いであったと、気付かされる。

綱吉は一人で苦悩の表情を浮かべ、ため息をつくばかりだ。

そして数日後、待ち人が訪ねて来た。

輪王寺《りんのうじ》の門跡《もんぜき》、公弁法親王《こうべんほっしんのう》が年賀で登城したのだ。

今は亡き後西天皇《ごさいてんのう》の第六皇子である親王と親しくしている綱吉は、年賀のあいさつを受けて早々人払いをし、二人きりになった。

親王は、綱吉が言わんとすることを察しているのか、釈迦《しゃか》如来像のような眼差しをして座している。

綱吉は、憂えを含んだ面持ちで向き合った。

「俗世のことで恐縮ですが、本日は、ご助言を賜りたく存じます」

親王はうなずいた。

「苦慮されているご様子。拙僧《せっそう》でよろしければ、なんなりとお話しくだされ」

綱吉は神妙な態度で言う。

「先日江戸を騒がせた、赤穂浪士どもの討ち入りのことで、頭を悩ませております。四十六士の処遇をめぐり公儀が揉めており、将軍たるわたしが断をくださねばなりませぬものの、どうしたものか決めかねておりまする」

親王は綱吉を見つめていたが、眼差しを下げた。

「答えは、上様の胸のうちにあるはず。本心は、いかようにされたいのですか」

「できれば、生かしとうございます」

「わたしが賛同すれば、将軍家のお立場は守られましょう」

綱吉は親王を見つめ、微笑む。

「お察しくださりましたか」

親王も微笑んだ。

「安堵いたしました」

「では、生かしてもよろしいとお考えですか」

親王は、ゆるりと首を横に振った。

「さにあらず。安堵したのは、上様のご慈悲に触れたからです。四十六士の処遇は、また別のこと」

綱吉は、親王の目を見た。

「お考えを、お聞かせください」

親王は、物悲しげな顔をして答えた。

「赤穂の臣たちは死を覚悟して討ち入り、本懐を遂げた。その気持ちを大切にしてやるのも、情けではないかと。特に若い者は、生かされれば、長い生涯を苦しむことでしょう」

「細川家のみならず、諸大名が赤穂義士を召し抱えたいと申しております。生かされて、苦しみましょうか」

「仇討ちは、仇討ちを呼ぶでしょう。生かされた義士たちは、生涯その影に脅かされるはず。

中には、せっかく生かされても、自ら命を絶つ者もおりましょう。ならば、死を覚悟で忠義を貫いた者たちの命は、武士らしく散らせてやったほうがよろしい。武士の鑑である将軍たる者は私情に惑わされず、正しき道に、導かれるがよろしいかと」

呆然《ぼうぜん》と一点を見つめる綱吉に、親王は続ける。

「法を曲げれば、民が迷う。そのこと、お忘れなきように」

返す言葉もない綱吉は、苦悶の表情を浮かべていた。

椿の花

細川家の堀内伝右衛門は、抜かりなく義士たちの世話を続けているのだが、近頃気になることがあった。

それは義士たちが皆、生きる道への執着がないこと。

矢田五郎右衛門に作十郎が来ていたことを教えた時から、その思いが強くなっている。

作十郎が来ていたことを堀内から聞いた矢田は、微笑みさえ浮かべて、武士の子として厳しく育ててきましたから、父がおらずとも立派な侍になってくれましょう、と言った。

また別の日には、原惣右衛門と片岡源五右衛門が、早く亡君のそばに行きたいと語り合うのが耳に届いた。聞こえぬふりをして茶菓を出していた堀内は、ふと、大石と目が合ったのだが、原と片岡の話を黙って聞いていたはずの大石は、あの清んだ眼差しを向けて、穏やかな笑みを浮かべるのだ。

生への望みを捨てぬ者ならば、縁起の悪い話をするなと言うであろう。だが、誰一人、止める者はいない。

一人広縁に立ち、義士たちのゆく末を考えていた堀内は、なんとしても、細川家の臣下に加わってもらいたいと思うのだった。

御公儀の沙汰がいまだないことへの苛立ちはあるものの、来るのを恐れるもう一人の自分がいることにも気付いている。

越中守は重臣たちの前で、どうあっても義士を召し抱えたい、そう語られた。

その熱い思いを殿自ら御公儀にお伝えくだされば、細川家が面倒を見るなら許す、ということになるかもしれぬ。

前向きに考えることにした堀内は、両手で頬をたたいて気合を入れ、唇に笑みを浮かべて、廊下を書院の間に向かって歩んだ。

義士たちがいる書院の間から笑い声がした。

珍しい、いや、初めてだと気付いた堀内が歩を速めて行くと、年長の堀部弥兵衛が、車座になっている義士たちに、手振りを交えて語っていた。

弥兵衛は、安兵衛を娘婿に迎えた時のことを話していた。

「あの無骨者は、娘に叱られると途端に大人しくなり、まるで別人のようになるのだ。とても信じられぬだろうがまことじゃ。いつだったか、安兵衛がつまらぬことで殴り合いの喧嘩《けんか》をして戻った時などは、それでも赤穂の武士かと叱られおってな、背中を丸めて、はい、はい、と返事をして、額の傷を手当てされて悲鳴を上げておった」

「あの安兵衛が、いや、とても信じられませぬ」

潮田又之丞が言うと、弥兵衛はまことだと笑い、ふと、遠くを見るような目をした。

「安兵衛は、娘に優しかったのだ。ずいぶん昔のことのように思えるが、あの頃は、実に楽しかった」

場が静まったのは一瞬のみ。すぐに誰かが、よい婿殿をもらいましたな、と言い、場が和んだ。

配下の者が茶菓を持って来たのに気付いた堀内は、二組取った。

離れた場所で読み物をしている大石の前に茶菓を置くと、大石は書物から目を転じて、かたじけない、と言う。

堀内は笑みを浮かべて頭を下げ、部屋の片すみに座している磯貝に茶菓を出すため歩みを進めた。

磯貝は皆に背を向けて座し、何かをしている様子。近づいて見ると、手に桜色の、小さな物を持っていた。

見つめる横顔が、どことなく寂しげだ。

先日、酒屋の店主をしていた頃のことを楽しげに話してくれたと思う堀内は、磯貝の前に茶菓を置いた。

「それは、何ですか」

訊くと、磯貝は見せてくれた。

「琴の弾き爪です」

琴に縁がない堀内は、なるほどと相槌《あいづち》を打ち、磯貝の顔を見た。

「想い人が使われていた物ですか」

磯貝は、居住まいを正す。

「堀内殿に、是非ともお願いがございます」

神妙な顔で言われ、堀内は向き合って改まった。

「それがしにできることなら、なんなりといたしましょう」

「恐らく我らは死罪となりましょうから、それがしが骸《むくろ》となった時にこの爪が身を離れておれば、戻してくだされ」

平身低頭する磯貝に、堀内は驚いた。

「まだ決まっておらぬというのに、どうしてそのようなことを……」

「何とぞ」

頭を上げぬ磯貝に、堀内は胸が詰まった。

「それほどに、好いたお人がおられましたか」

磯貝は顔を上げ、微笑む。

「亡き殿は、奥方様が爪弾かれる琴の音がお好きでございました。これをお届けしたいと思い、肌身離さず持っているのです」

堀内は目を見張った。

「では、その品は……」

「奥方様と鼓を合わさせていただいた折りに、下賜されていた物です」

今生の別れに行ったことを知る由もない堀内は、涙にぼやける目を見せぬよう顔を背け、気持ちを強くして向き合う。すると磯貝は、懇願する面持ちをしていた。

「赦免されると信じて疑わぬが、万が一の時は承った」

堀内が約束すると、磯貝は安堵し、ふたたび頭を下げた。

廊下に配下が来て、堀内に声をかけた。

磯貝が琴の爪を白い布に包んで懐に納めるのを見ていた堀内は、配下に膝を転じた。

「いかがした」

「殿から、義士の方々に贈り物が届きました」

「おおそうか。磯貝殿、殿が贈り物をされるとなると、上屋敷に吉報が届いたに違いござらぬ。放免になった時のために、反物と刀をくださるに決まっておりますぞ。方々、今持ってまいりますからお待ちくだされ」

嬉しくなった堀内は、注目している義士たちにそう言い、配下に顔を向けた。

何か言いたそうな様子だった配下は、堀内に急げと言われて応じ、足早に去った。

程なく、配下たちが四人がかりで運んできたのは、反物でも刀でもない、赤い花を満開にした大鉢だった。

それを見た堀内は、目を疑った。

「おい、それは椿《つばき》か」

問うと、配下は神妙な顔でうなずく。

椿は花びらを散らさず丸ごと落ちることから、武家には、首が落ちることを連想させる。

「何ゆえ殿は、このような物を……」

つぶやく堀内の背後で、大石が言う。

「越中守様のお気持ち、しかと受け取りました」

部屋に振り向いた堀内は、目を見張って息を呑んだ。

大石以下、揃って座していた義士たちが、置かれた鉢に向かって頭を下げていたからだ。

「まさか……」

やっと意味がわかった堀内は、身体の力が抜けてしまい、その場にへたり込んだ。

それから十数日がすぎた元禄十六年二月四日（一七〇三年三月二十日）、老中の奉書が四家に出され、大石内蔵助以下四十六士は、その日のうちに切腹した。

磯貝十郎左衛門の最期を見届けた堀内は、約束通り、阿久利の弾き爪を骸に抱かせ、埋葬される泉岳寺へと送り出した。

すべてが終わった時、堀内は、落合与左衛門に頼まれていたことを果たすべく、筆を取った。細川家に預けられていた大石たち十七士の最期の様子を書き残すためだ。

穏やかだった日々のこと、十七士の人柄、堀内は、一人ひとりのことを思い出しては感極まり、なかなか筆を進めることができなかった。

切腹の場に呼ばれ、部屋を出ようとした大石に向かって潮田又之丞が、

「御家老、我らもすぐにまいります」

そう声をかけた時の、皆の穏やかな笑みが忘れられぬ。

惜しい人たちを亡くしたと、きつく瞼を閉じてむせび泣いた堀内は、こころを落ち着かせ、筆を走らせた。

そして、磯貝十郎左衛門の様子を書く前に手を止めた堀内は、思うことがあってうなずき、ふたたび筆を走らせた。

記された磯貝の名字は、磯の字に義士の義を入れ、礒貝とされている。

阿久利の願い

寒さもゆるんでいたが、今日は花冷えの雨が降っている。

阿久利は部屋に籠もり、内匠頭の弔いをしつつ、義士たちの様子を探りに行った落合与左衛門の帰りを待っていた。

その落合が戻ったのは、昼前のこと。

廊下から入ってきた落合は、こころなしか目を赤くしているように思えた。その悲しげな表情をまじまじと見た阿久利は、何も言われずとも、すべてを悟った。

「いつですか」

落合は洟をすすり、

「三日前でございます」

取り乱しそうになるのを耐えながらそう言った。

阿久利は目をつむり、唇を嚙みしめた。

「これまで、辛かったであろう、苦しかったであろう」

込み上げる悲しみを抑え切れぬ阿久利は、両手で顔を覆った。大きな息を吐き、頬を拭って落合を見て言う。

「四十六士の方々は、今頃は、殿と笑うておられましょうか」

「そうに決まっております」

言った落合が、はばからず声をあげて泣いた。

感情が抑えられぬ気持ちが痛いほど伝わった阿久利は、しばらく見守りながら、自分も必死に、気持ちを落ち着かせた。

程なく落ち着いた落合が、頭を下げる。

「取り乱し、申しわけありませぬ」

阿久利は無言で首を横に振り、内匠頭の位牌に向いて手を合わせ、皆の成仏を願って読経をはじめた。

落合はしばらく声にならぬ様子だったが、阿久利に合わせて読経をはじめた。

逝ってしまった忠臣を想いながら、半刻（約一時間）ほど供養をした阿久利は、ふたたび落合と向き合った。

落合はというと、読経を終えるなりまた洟をすすりはじめ、阿久利に見せぬように背中を向けた。

小さくなったように見える背中に、阿久利は言う。

「与左殿、方々はすでに、葬られたのですか」

落合は、袖で顔を拭《ぬぐ》って膝を転じ、阿久利に向いた。

「はい。殿の墓所の竹藪を切り開き、そこに葬られました」

「では、墓参しとうございます」

落合は戸惑いの表情をした。

「与左殿、いかがしたのです」

「奥方様を屋敷から出さぬよう、御公儀からお達しがありました」

思わぬことに、阿久利は目を見張った。

「何ゆえ……」

「野に放たれた吉良家の者が、奥方様のお命を狙うているかもしれぬからです」

「吉良家は、断絶したのですか」

「はい」

「いつです」

「義士たちが切腹した同じ二月四日に、沙汰がくだされたそうです。吉良家当主左兵衛義周殿は、義士の討ち入りを許した罰により、信濃高島藩諏訪家《しなのたかしまはんすわけ》へのお預けとなりました」

「そんな……」

吉良家の断絶は想像できたことだが、墓参が叶うと思い込んでいた阿久利は、肩を落とした。

落合が膝を進め、心配そうな顔を向ける。

「どうか落胆されずにおすごしください。ほとぼりが冷めるまでの辛抱にございます」

「吉良家の立場で考えてみてください。ほとぼりなど冷めましょうか。わたくしには、そうは思えませぬ」

「吉良のことを申し上げたのではございませぬ。御公儀はこれ以上、浅野と吉良の争いで城下を騒がせたくないとの御意向にございますが、吉良家の者が奥方様のお命を狙うことこそ、逆恨みです。吉良も上杉も名高き武家。それがしは、奥方様のお命を狙う者はおらぬと、そう信じて疑いませぬ。されど、今は、ご辛抱くだされ」

「わかりました」

阿久利はうつむき、従った。

落合が言う。

「泉岳寺に頼み、義士たちの位牌を作っていただいてはいかがでしょうか」

阿久利は顔を向けた。

「そうしてくれますか」

「はは。ではさっそく、寺に頼んでまいります」

落合が下がろうとした時、お静が廊下で声をかけた。

「奥方様、大殿がお越しにございます」

応じた阿久利は立ち上がり、上座を空け、落合と待った。

一人で来た長照に頭を下げていると、上座に座った長照が、面を上げるよう告げた。

顔を上げた阿久利は、長照の浮かぬ表情を見て、胸騒ぎがした。

長照が、阿久利の目を見て言う。

「四十六義士の最期は、立派であったと聞いている。細川殿は、ひどく肩を落とされたそうじゃ。阿久利、寂しいのう」

「はい」

「じゃが、いつまでも悲しまぬように。皆は内匠頭のそばに行ったのだ。あの世では、そのほうらようしたと、褒められておると思えよ」

「………」

数珠を持つ手に力を入れずにはいられない阿久利に、長照は、厳しい面持ちで居住まいを正した。

「先ほど上屋敷から知らせがあった。四十六義士遺族の処遇が決まったそうじゃ」

案じていた阿久利は、居住まいを正した。

「いかがあいなりましたか」

「こころして聞け。四十六義士の妻と娘はお構いなしじゃ」

阿久利は、次の言葉をなかなか言わぬ長照の顔を見た。

「子息へのご沙汰は……」

「うむ」

長照は一度下を向き、言いにくそうな顔で阿久利を見てきた。

「子息はことごとく、伊豆《いず》大島へ遠島じゃ。ただし、十五歳になるまでは、罰を猶予される」

阿久利が落合に顔を向けた。

「与左殿、すぐに流されるのは誰の息子ですか」

落合は、沈んだ面持ちで教えた。

「吉田忠左衛門殿の次男伝内《でんない》殿、間瀬久太夫殿の次男定八《さだはち》殿、中村勘助殿の長男忠三郎《ちゅうさぶろう》殿、村松喜兵衛殿の次男政右衛門《まさえもん》殿。この四名です」

「いつ、流されるのですか」

焦る阿久利の問いには長照が答えた。

「子息には、義士に切腹のご沙汰がくだされた直後に追っ手がかけられたそうだが、逃げ隠れする者は一人もおらず、神妙に従ったそうじゃ。今は、町奉行が順次呼び出し、沙汰を告げていると聞いた。落合が申した四人は、日を空けることなく流されよう」

「さようですか」

辛くて、顔を上げていられない阿久利。

じっと見ていた長照は、思い出したように言う。

「義士たちの家族は、まことに立派だと聞いた。そなたは、矢田五郎右衛門の嫡子を知っておるか」

父親を気遣い、細川家の屋敷へ来ていた作十郎のことを思い出した阿久利は心配し、長照に訊く。

「その子はまだ九歳ですが、何か」

「町奉行所に召し出された時、御公儀の役人が沙汰を申しつける前にこう言ったそうだ。わたしは、父と同罪に処せられる覚悟でまいりました。介錯《かいしゃく》は、父の介錯をなされたお方にお願いしとうございます。とな」

「そのようなことを……」

目をつむる阿久利に、長照が言う。

「武士の子たる者、ああでなくてはならぬ。居合わせた公儀の者は皆、涙を堪えていたそうじゃ」

阿久利は長照に平身低頭した。

「聡明《そうめい》なればこそ、十五になると島へ送られると知りながら歳を重ねるのは、希望が持てず、さぞ辛いことでしょう。自暴自棄にならぬかと心配です。どうか、子息たちの赦免嘆願をすることをお許しください」

「もはや、止めはせぬ。そなたの思うようにするがよい」

長照はそう言うと、内匠頭の位牌に手を合わせて、部屋から出ていった。

膝を転じて頭を下げ、見送った落合が、そのまま動かなくなった。

阿久利は、落合が肩を震わせていることに驚いた。

「与左殿、いかがしたのです」

すぐに答えぬ落合は、顔を伏せたまま右手で頬を拭い、

「大殿が、初めて手を合わされましたもので」

感情がたかぶった様子で言う。

阿久利は、そんな落合にうなずき、微笑んだ。


静かに時が流れ、四十六士の四十九日がすぎた。

そのあいだに四十六士の位牌が届き、供養をしながらすごしていた阿久利は、一人で法要を終えた翌日に、仙桂尼を呼んだ。

「文に書いたとおり、桂昌院様のご助力を賜りたいのですが、次に護持院へくだられる日に拝謁は叶いませぬか」

仙桂尼が返事をする前に、文の内容を知らぬ落合が慌てた。

「奥方様、信濃へ送られた吉良左兵衛殿に同道を許された家臣はたったの二人だったそうです。放逐された残りの旧家臣どもが、奥方様のお命を狙うかもしれませぬゆえ、外出はお控えください」

「与左殿は先日、狙う者はいないと言うたではないですか」

「申し上げましたが、まだ油断はなりませぬ」

「命を狙う動きが、あるのですね」

落合は返答に困った顔をした。

「与左殿、隠さず教えてください」

「噂にすぎませぬ」

「構いませぬ」

落合は、渋い顔をした。

「上杉家の御当主が、奥方様を首謀者と疑い、よからぬことを考えている、との噂を、町で耳にしました。御公儀が墓参を控えるよう沙汰されたのも、その噂があったからです」

阿久利は、やはりそうか、と、こころの中で納得し、受け入れた。

「わたくしを恨み、命を奪うことでこの争いが収まるなら、それも定め。されど、噂に恐れてここに座していては、子息たちを救えませぬ」

「しかし……」

阿久利が目をそらしたことで、落合は口籠もった。

覚悟をしている阿久利に、仙桂尼が真面目な顔を向ける。

「落合殿のおっしゃるとおりかと。奥方様に万が一のことあれば、救えるものも救えなくなります。どうか、嘆願の文をお書きください。わたくしが、桂昌院様にお届けします」

「お目にかかって、お願いしたいのです」

「どうか、お考えなおしください」

仙桂尼が言って頭を下げ、落合も続いて頭を下げた。

「そのように、外は物騒なのですか」

肩を落とし、ぼそりと言う阿久利に、二人は平身低頭したまま沈黙している。

無理を言って襲われれば、二人が悲しむ。

そう考えた阿久利は、嘆願の文をしたため、仙桂尼に託した。

そして数日後、ふたたび来てくれた仙桂尼は、浮かぬ顔をしていた。

護持院にくだった桂昌院は、阿久利の文をその場で開いて目を通し、その返答は、

「心得たと伝えなさい」

一言のみだったという。

阿久利は、仙桂尼に礼を言った。

「残された家族のことでは力になるとおっしゃってくださった桂昌院様を信じます。必ずや、上様に口添えをしてくださるものと期待して、待ちます」

だが、季節が移ろいでも、伊豆に流された四人をはじめ、義士の子息たちが赦免になったという知らせは来なかった。

それでも阿久利はあきらめず、度々桂昌院に嘆願した。

仙桂尼も力になってくれたものの、願いは叶わぬまま、四十六士の一周忌を迎えてしまう。

阿久利は墓参できぬまま、一人部屋に籠もり、位牌に手を合わせて法要をし、子息たちにお許しが出ることを願った。

長い年月の果てに

何も変わらぬまま、静かに時が流れた。

そして、元号が宝永（一七〇四年四月より）に改まった夏のある日、吉報を待ち続ける阿久利の部屋に来た落合が、座して恭しく頭を下げた。

かしこまってどうしたのかと思う阿久利は、落合の言葉を待ったが、なかなか言わぬ。

急いで来たものの、どう話せばよいか考えているように見える。

「与左殿、いかがしたのです」

促してようやく、落合は阿久利と目を合わせて微笑んだ。

「去る六月二日、米沢藩主の上杉綱憲殿が身罷《みまか》られたとのことです」

綱憲は、亡き吉良上野介の長男。阿久利を討ち入りの首謀者と疑い、密かに命を狙っていたとの噂もあっただけに、落合は、明るい顔をしているのだ。

「これで、奥方様の命を狙う者が一人減りました」

「与左殿、死者に対しそのような物言いはどうかと思います」

「これは、迂闊《うかつ》でございました」

落合は頭を下げた。

阿久利が問う。

「されど与左殿が言うとおり、わたくしの命を狙う首謀者がこの世を去られたならば、泉岳寺に墓参できますか」

「それは、今しばらく、お待ちください」

歯切れの悪い言い方をする落合に、阿久利は落胆した。

「まことに、わたくしの命などを狙う者がおりましょうか」

「この屋敷に詰める者が、怪しい人影を見ております。追いましたところ逃げられたと申しますから、今しばらく、ご辛抱くだされ」

落合はいつも、そう言って頭を下げるばかり。

護持院に嘆願しに行くことも叶わず、仙桂尼には苦労ばかりをかけている。

どうにかしたいと思えども、何もできぬまま、さらに一年がすぎた。

桂昌院を頼りに子息たちの赦免を願い続けていた阿久利に知らせが届いたのは、夏の盛りがすぎた頃だった。

血相を変えて来た仙桂尼が、阿久利の前に来るやいなや表情を崩すではないか。

「仙桂尼殿、何があったのです」

はばからずむせび泣く仙桂尼の背中をさすり、落ち着くのを待った。

仙桂尼は何度も大きな息を吐いて胸を押さえ、ようやく、阿久利と向き合った。

「桂昌院様が、身罷られました」

頼みの綱が切れたことに阿久利はうろたえ、

「これから、どうすればよいのです」

仙桂尼に問うても詮無きこととわかっていても、つい声にしてしまう。

子息たちの赦免を将軍に直に願うことができるはずもなく、阿久利は途方に暮れた。

それから二月もせぬうちに、吉良上野介の妻富子がこの世を去っていたことを落合から知らされた。富子は、昨年の六月にこの世を去った綱憲の後を追うように、二月後に身罷っていたのだ。

上杉家に生まれ、吉良上野介の正室となり、吉良家の栄華と没落を見た富子は、阿久利と同じで、良人によって人生を翻弄されたといえよう。

江戸の芝居小屋では、討ち入りを題材にした様々な物語が演じられ、赤穂の義士たちを称える声は衰えることなく、むしろ、人気が出ている。

そのことを落合から聞いて知っていた阿久利は、亡くなった富子のことを想わずにはいられなかった。さぞ、苦しく、悔しい思いをしていたであろう。亡き綱憲もしかり。

芝居に人気が出るにつれて、泉岳寺を訪れる者が増えているとも聞いた阿久利は、命を捨てて忠義を貫いた大石たち四十六士のことを想い、

「このように悲しいことは、二度と起きてほしくない」

落合にそう言い、落涙した。

心配してくれる落合は、黙って付き添っている。

幾分か落ち着きを取り戻した阿久利は、落合に言う。

「桂昌院様の訃報を聞いた時から、義士たちの子息を助けるにはどうしたらよいか、そればかりを考えていました。されど、打つ手がありませぬ。時がすぎ、事件に関わりし方々がお亡くなりになるにつれて忘れられてしまえば、子息たちも、島に送られたまま忘れられてしまうのではないかと、不安なのです」

「どうか、気を楽におすごしください。またお痩せになったと、お静が案じております。今のままでは、奥方様が病になるのではないかと、お静もそれがしも、心配でなりませぬ。奥方様の願いは、必ずや上様に届いているはず。それがしは、そう信じています」

「届いておりましょうか」

「大殿は、桂昌院様が口添えをされてらっしゃれば、上様は必ずや、子息たちをお許しくださるはずだと、そうおっしゃっていました」

その長照は今、病床に臥《ふ》している。

阿久利は快癒を願ったが叶わず、三ヶ月後の十一月に、この世を去ってしまった。

長照の死も、阿久利にとっては大きな悲しみ。失意と心労が重なり、徐々に、阿久利も気付かぬうちに、身体を弱らせていた。

そんな阿久利に、待ちに待った吉報が届いたのは、翌年、宝永三年の八月だった。

阿久利の願いが叶い、伊豆大島に流されていた四人に対し、出家を条件としてではあるが、赦免の沙汰がくだされたのだ。

これにより、すでに没してしまっていた間瀬定八を除く三人は、島から出ることが叶った。

病床で落合から吉報を聞いた阿久利は、起き上がって位牌に手を合わせ、内匠頭と四十六士たちに報告し、読経した。

いっぽう、四人の赦免を決めた綱吉は、島を出たという知らせを受けた日に、西ノ丸を訪ねて、徳川家宣《いえのぶ》と面会した。

「余は、浅野内匠頭妻女の願いを叶えてやれぬが、そなたの代になれば、すべて許してやってほしい」

家宣が、案じる顔をした。

「いかがされたのですか」

綱吉は微笑み、ため息をつく。

「そなたにだけは、本心を言うておきたかったのだ。余は、赤穂浅野の御家再興を叶えてやりたかった。だがそれでは、余が内匠頭を罰したことが間違いであったと認めることになると言う者がおり、思いとどまったのだ。四十六義士の命もしかり。あれは、辛い決断であった。忠義に厚い者たちを大勢死なせてしまったことは、心残りじゃ」

涙ぐむ綱吉を見て、家宣は頭を下げた。

「上様の想い、しかと胸に刻みまする」

「頼むぞ」

綱吉はそう言い置き、帰っていった。

これより三年後の宝永六年一月十日に、綱吉はこの世を去った。

跡を継ぎ、徳川家六代将軍となった家宣は、綱吉が残した生類憐《しょうるいあわ》れみの令を続けようという遺言に反し、捕らえられた者をはじめ、多くの恩赦を実施するなどして、悪法を廃止した。

だが、赤穂浅野に対する遺言だけは守り、すべての者が許された。

そして将軍家宣は、広島藩にお預けとなっていた浅野大学を江戸に呼び戻し、旗本に召し抱えたのだ。


そのことを本家の使者からもたらされた落合が、喜び勇んで阿久利の部屋に来た。

「奥方様、吉報、吉報ですぞ」

位牌に手を合わせていた阿久利は、白髪がまじる頭を上げ、膝を転じた。

落合は正面に座るなり、嬉しそうな顔で言う。

「大学様が江戸に戻られます。上様から許され、五百石の旗本になられます」

阿久利は目を見張った。

「御家再興が、叶ったのですか」

「はい。まだありますぞ、四十六義士の遺族も許され、子息たちの島送りはなくなりました」

胸がいっぱいになり、両手で顔を覆ってしばらく言葉にならなかった阿久利は、気持ちが落ち着いたところで、落合に願った。

「どうあっても、泉岳寺に行きます」

落合は涙をためてうなずき、止めなかった。

人知れず、早朝に泉岳寺を訪れた阿久利は、落合とお静を境内に残して、一人で墓所に足を運んだ。

良人の墓前に座り込んだ阿久利は、

「殿、やっと、やっと、参ずることができました」

そう言うなり、泣き崩れた。

鉄砲洲屋敷の森で初めて出会った時から、今生の別れをするまで良人とすごした日々のことが頭をめぐり、しばらく涙が止まらなかった。

それでも阿久利は、良人と、四十六義士の供養をするため読経した。

静かに目を開けた時には涙も止まっており、良人の墓標を見上げた。

「また、参らせていただきます」

頭を下げて言い、立ち上がって帰ろうとした時、内匠頭の匂いがした気がした。

忘れもせぬ、内匠頭の腕に抱かれた時の香りにはっとして振り向く。だが、そこに良人はいない。

気のせいだと思い、出口に向かって歩こうとした阿久利は、足を止めた。

四十六義士の墓前からくゆる線香の煙が、内匠頭の墓標に向かって流れている。

風もないのに不思議だと思う阿久利は、あの世で共にいることを見せられた気がして、微笑んだ。

この後、阿久利は皆の菩提《ぼだい》を弔いながらひっそりと暮らし、正徳四年の六月三日（一七一四年七月十四日）に、静かにこの世を去った。

良人を想い、家臣を案じた、波乱の生涯を終えたのである。

亡骸《なきがら》は、阿久利の望みどおり、内匠頭と四十六士が眠る泉岳寺に葬られた。

最期まで仕えた落合与左衛門は、法要が終わった後、お静と共に江戸を発ち、三次に帰郷した。

阿久利が生まれ育った尾関山《おぜきやま》に足を向けた落合は、紅葉が美しい道を歩んで頂上にのぼり、三次の町を見渡せるところに立ち、そして、胸に携えていた阿久利の遺髪を取り出して微笑んだ。

「栗《くり》姫様、帰りましたぞ。ご覧くだされ、四十年近く経っても、故郷の景色は変わっておりませぬ。懐かしく、よい眺めですな」

装画=イズミタカヒト
装丁=鈴木俊文
（ムシカゴグラフィクス）

本書は、書き下ろしです。

佐々木裕一（ささき・ゆういち）

一九六七年、広島県生まれ。二〇〇三年に、架空戦記『ネオ・ワールドウォー』(経済界)でデビュー。一〇年、『浪人若さま 新見左近 闇の剣』で一躍人気作家へ。主な人気シリーズ作品に、「浪人若さま 新見左近」「公家武者 信平」「身代わり若殿 葉月定光」がある。一九年十二月に上梓した前巻『忠臣蔵の姫 阿久利』が注目を浴びる。

編集 永田勝久
幾野克哉

義士切腹《ぎしせっぷく》 忠臣蔵《ちゅうしんぐら》の姫《ひめ》 阿久利《あぐり》

二〇二一年四月二十八日 初版第一刷発行

著者 佐々木裕一
発行者 飯田昌宏
発行所 株式会社小学館
〒一〇一-八〇〇一 東京都千代田区一ツ橋二-三-一
編集 〇三-三二三〇-五九五九 販売 〇三-五二八一-三五五五
DTP 株式会社昭和ブライト
印刷所 萩原印刷株式会社
製本所 株式会社若林製本工場

 ISBN 978-4-09-386602-6